Collection dirigée par Glenn Tavennec

L'AUTEUR

Née en 1981 en Caroline du Sud, Kiera Cass est une auteure comblée. Grande fan de littérature pour jeunes adultes, elle vit un réel conte de fées depuis que son éditrice chez HarperCollins est tombée amoureuse de sa trilogie dystopique, *La Sélection.*

KIERA CASS

L'ÉLITE

LIVRE II

traduit de l'anglais (États-Unis) par Madeleine Nasalik

roman

ISBN 978-2-221-12929-6
ISSN 2258-2932
(édition originale : ISBN : 978-0-06-226285-1), HarperCollins Children's Books,
a division of HarperCollins Publishers Ltd., New York

Qu'on aille quérir les domestiques !
La Reine est réveillée !
(Pour Maman)

1.

Il plane sur Angeles un calme inhabituel. Étendue dans l'herbe, j'écoute la respiration apaisée de Maxon et je savoure pleinement cet instant d'intimité. Il a l'air heureux lorsque nous sommes ensemble, et cela me rend heureuse en retour. Depuis que la Sélection s'est réduite à six concurrentes, je sens que l'anxiété le ronge. Par ma faute, j'en ai bien conscience.

Le prince Maxon Schreave, héritier du trône d'Illeá, m'a avoué ses sentiments il y a moins d'une semaine. Et si je lui rends la pareille, si je lui ouvre mon cœur à mon tour, il m'a promis de clôturer la compétition. Je me demande parfois, un peu par jeu, quel effet cela ferait d'être la bien-aimée de Maxon. Le problème, c'est qu'il ne m'appartient pas. Il y a ici cinq autres filles – des filles qu'il voit en tête à tête, à qui il chuchote des mots doux. Cinq rivales. Un autre problème se présente : si je me lie à Maxon, alors je dois me lier à la couronne, et j'ignore encore ce que cela implique en réalité.

Et, troisième problème, il y a Aspen.

Aspen n'est plus mon petit ami au sens strict du terme – on a rompu juste avant que ma candidature ne soit retenue dans le cadre de la Sélection – mais le jour où il est apparu au palais dans son uniforme de garde royal, tous les souvenirs que je tentais d'effacer de ma mémoire m'ont rattrapée. Je mets quiconque au défi de réussir à tirer un trait sur son premier amour…

Maxon n'est pas au courant de ce qui me tourmente : il sait simplement que j'essaie de me remettre d'un chagrin d'amour et me laisse tout le temps nécessaire pour tourner la page. Il se réserve aussi la possibilité de trouver l'âme sœur parmi les autres Sélectionnées, au cas où mes sentiments ne feraient pas écho aux siens.

Allongé à mes côtés sur la couverture, il se tourne vers moi. Je me blottis dans ses bras.

— Savez-vous quand j'ai contemplé les étoiles pour la dernière fois ? me demande-t-il.

— Aucune idée.

— Mon précepteur m'a dispensé quelques leçons d'astronomie. En observant les étoiles d'un œil attentif, on constate qu'elles se parent de couleurs différentes.

— Si je comprends bien, la dernière fois que vous avez contemplé les étoiles, c'était pour les étudier ? Pas pour le plaisir ?

— Le plaisir ? Où voulez-vous que je trouve du plaisir, entre les commissions budgétaires et le comité des infrastructures ? Sans oublier mes piètres résultats dans le domaine stratégique. Je dois me rendre à l'évidence : jamais je ne saurai planifier une guerre.

— Il y a forcément d'autres domaines dans lesquels vous n'avez aucune aptitude.

Je pose une main sur son torse. Encouragé par ce contact, il me masse l'épaule.

— Cela vous intéresse vraiment ?

— Oui, parce que je vous connais encore très mal. Et vous semblez n'avoir aucun défaut. J'aimerais avoir une preuve que vous n'êtes pas si parfait que ça.

— Je suis loin d'être irréprochable, vous le savez.

— Pas si loin que ça.

Nos deux corps sont comme chargés d'électricité. Maxon proteste d'un mouvement de tête, un petit sourire au coin des lèvres.

— Très bien, voyons voir… Je suis un cancre en ce qui concerne la stratégie militaire. Pour cela, oui, je suis un âne bâté ! Et je pense que je ne sais pas cuisiner. Je n'ai d'ailleurs jamais essayé, alors…

— Jamais ?

— Je n'ai pas besoin d'essayer : une armée de maîtres queux répond à mes moindres désirs.

— C'est tout ? Vous n'avez pas d'autres défauts ?

— J'ai découvert il y a peu quelque chose d'étrange…

— Dites-moi.

— Il s'avère que je suis totalement incapable de me passer de vous, America. C'est un problème très sérieux et de tout premier ordre.

— Un problème que vous vous efforcez de régler, j'espère ?

Il fait mine de réfléchir à la question.

— Non. Et je vous avertis, je n'en ai pas la moindre intention.

Nous rions sans bruit, collés l'un à l'autre. Dans ces moments-là, je m'imagine très bien vivre le restant de mes jours aux côtés de Maxon.

Un froufrou de feuilles mortes annonce l'arrivée d'un intrus. Je me mets debout à toute vitesse et Maxon m'imite. Un garde surgit de derrière une haie et s'approche de nous.

— Majesté, pardonnez mon intrusion, mais il n'est pas judicieux de rester dehors si longtemps, à une heure aussi tardive. Les Renégats…

— J'ai compris, soupire Maxon. Nous rentrons tout de suite.

Le garde reparti, le prince se tourne vers moi.

— Les Renégats abusent de ma patience. Leurs agissements m'exaspèrent. Vous pouvez considérer cela comme un défaut.

J'accepte la main qu'il me tend par galanterie, attentive à la frustration qui s'affiche sur son visage. Les Renégats ont lancé deux attaques contre le palais depuis le début de la Sélection et je comprends que cela l'épuise.

Maxon secoue la couverture, qu'il replie, avant d'enrouler un bras autour de ma taille, le front soucieux. Je tente de lui redonner le sourire :

— Ne vous inquiétez pas pour cette interruption. J'ai passé un excellent moment en votre compagnie… je vous assure. Vous devriez me donner plus souvent des leçons d'astronomie. Afin de combler mes lacunes.

Maxon esquisse un pâle sourire.

— Si seulement la situation était plus facile. Normale.

— Navrée de vous décevoir, cher prince, mais la normalité ne fait pas partie de votre quotidien.

— Vous m'aimeriez davantage si j'étais normal, America.

— Vous ne me croirez pas, mais je vous aime comme vous êtes. Il me faut juste…

— Du temps, je le sais. Et je vous en accorde volontiers. Je regrette seulement de ne pas savoir d'avance quelle décision vous allez prendre.

Je détourne le regard. Là, Maxon m'en demande trop. Je passe mes journées à comparer Aspen et Maxon dans le secret de mon cœur, mais aucun ne pèse plus lourd que l'autre. Pourtant, en cet instant précis, la tentation est grande de lui jurer un amour éternel.

Comme ma réponse tarde à venir, les traits de Maxon se décomposent.

— Maxon, je ne peux rien vous promettre. Ce que vous devez savoir, en revanche, c'est que je veux participer à la Sélection jusqu'au bout. Je veux découvrir si je me sens capable… enfin, si vous pouvez…

Je me mets à bégayer, je cherche mes mots.

— Si nous ? suggère Maxon.

— Oui. Si nous pouvons être ensemble.

— Les probabilités sont fortes.

— Oui, je suis du même avis. Mais… laissez-moi le temps, d'accord ?

Maxon hoche la tête, rasséréné. C'est sur cette note que je voulais conclure notre soirée, une note d'espoir. Je me mords la lèvre et je me presse contre lui, une requête dans le regard. Sans la moindre hésitation, il s'incline vers moi et dépose un baiser sur mes lèvres. Un baiser doux et tendre qui me remplit de bonheur. Je pourrais rester entre ses bras des heures durant mais Maxon s'écarte. Trop vite à mon goût.

— Ne restons pas là, suggère-t-il d'une voix enjouée. Il vaut mieux rentrer avant que la cavalerie ne vienne nous chercher, sabre au clair !

Maxon me quitte au pied de l'escalier. Le temps de regagner ma chambre au premier étage, ma fatigue s'est envolée.

— America ! s'exclame Aspen, qui monte la garde ce soir. Dire que je te croyais dans ta chambre. J'aurais dû vérifier.

Si Aspen me sert de garde du corps, c'est que j'ai refusé qu'une femme de chambre passe ses nuits à mes côtés, prête à satisfaire à mes moindres exigences. C'est pourtant mon droit, puisque je fais désormais partie de l'Élite. Comme ce système n'avait pour moi que des inconvénients, Maxon a tenu à poster un soldat près de ma porte, en cas d'urgence. Et qui a été chargé de ma surveillance ? Aspen, comme par hasard. De le savoir, chaque nuit ou presque, à quelques mètres de moi, je suis partagée entre euphorie et angoisse.

Soudain, Aspen comprend que si je n'étais pas pelotonnée sous ma couette, c'est que j'étais dans les bras de Maxon. Il s'éclaircit la voix, mal à l'aise.

— Alors, vous vous êtes bien amusés ?

— Aspen, ne réagis pas comme ça. Je fais partie de la Sélection, j'ai certaines obligations.

— Tu crois que je pourrais rivaliser avec un prince, America ? Je n'ai aucune chance, d'autant que tu m'adresses à peine la parole.

— Ne te fâche pas contre moi. J'essaie de trouver une solution.

— Je ne me fâche pas, America. Tu me manques, voilà tout.

Il n'ose pas le dire à voix haute, mais je le lis sur ses lèvres. *Je t'aime.* Et je me liquéfie sur place, oubliant l'espace d'un instant tout ce que nous risquons si on nous surprend ensemble.

— Je sais, Aspen. Mais ça ne change rien à ta situation, ni à la mienne. Il me faut du temps.

— Le temps, je peux t'en donner. Mais tâche de m'en accorder un peu.

Comment faire comprendre à Aspen que la situation est trop compliquée ? Je lui offre un sourire furtif avant de m'éloigner.

— Je ne dois pas m'attarder.

Il me suit du regard tandis que j'entre dans ma chambre, que je referme doucement la porte derrière moi.

Du temps. C'est tout ce que je demande. Pour mettre enfin de l'ordre dans mes idées.

2.

— Non, non ! répond la reine Amberly dans un éclat de rire. J'ai choisi de n'avoir que trois dames d'honneur à mon mariage, ce qui a fait hurler la mère de Clarkson. Mes sœurs et ma meilleure amie, que j'ai d'ailleurs rencontrée à l'occasion de ma Sélection, ont amplement suffi à mon bonheur.

Je lance un coup d'œil complice à Marlee, qui m'observe elle aussi à la dérobée. Avant mon arrivée au palais, je m'étais convaincue que les filles qui participaient à cette compétition allaient toutes se scruter en chiens de faïence. À l'instant où Marlee m'a prise dans ses bras, dès notre première rencontre, cette certitude a été balayée. Nous ne nous sommes plus quittées depuis ce moment-là. Et il n'y a jamais eu le moindre désaccord entre nous. Voilà quelques semaines, Marlee m'a confié que Maxon ne l'intéressait plus, mais elle s'est fermée comme une huître quand je lui ai réclamé une explication. Elle ne boudait pas, pas vraiment, mais ces journées où nous n'avons pas échangé un mot m'ont paru interminables.

— Moi, je veux sept dames d'honneur, annonce Kriss. Si Maxon me choisit, bien entendu, et si j'ai la chance de me marier en grande pompe.

— Moi, les dames d'honneur, je m'en passerais bien, rétorque cette garce de Celeste. Elles ne font que détourner l'attention que mérite la mariée. Et comme la cérémonie sera retransmise en direct, je veux que tous les yeux soient braqués sur moi.

— J'aimerais que mon mariage inclue certaines traditions de mon pays d'origine, souffle Elise. En Nouvelle-Asie, le rouge est la couleur associée au mariage, et le futur époux doit couvrir de cadeaux les amies de sa fiancée pour les remercier de lui donner sa main.

— Quelle bonne idée ! s'exclame Kriss. J'adore les cadeaux !

— Moi aussi ! répond Marlee.

— Mademoiselle America, vous n'avez pas décroché un mot de la journée, fait remarquer la reine. Comment concevez-vous le mariage idéal ?

— Eh bien, ce que j'aimerais par-dessus tout, c'est que mon père m'amène à l'autel. Qu'il passe le relais à mon futur mari, en quelque sorte. C'est mon souhait le plus cher.

— Mais tout le monde fait ça, objecte Celeste. Ca n'a rien d'original !

— C'est essentiel pour moi de savoir que mon père me donne sa bénédiction le jour où je compte vraiment dessus.

— Comme c'est mignon, commente Natalie en sirotant son thé.

La reine éclate d'un rire joyeux.

— Mais j'espère qu'il vous donnera sa bénédiction. Quel que soit l'heureux élu, d'ailleurs, s'empresse-t-elle d'ajouter.

Sur ces mots, la reine nous salue et part travailler avec ses conseillers dans son bureau. Celeste s'affale devant le téléviseur géant encastré dans le mur ; les autres filles démarrent une partie de cartes. Pour ma part, je vais m'installer à une table, un peu à l'écart, avec Marlee.

— On a passé un bon moment. C'est la première fois que la reine discute aussi longtemps avec nous.

— Elle se sent de plus en plus impliquée, il faut croire.

— Sois franche avec moi, America : tu n'as jamais réfléchi à ton mariage, ou tu préférais garder tes idées pour toi ?

— Non, je t'assure que je n'ai rien de prévu. Je ne sais pas à quoi ressemble un mariage avec fanfare et confettis. Je ne suis qu'une Cinq, après tout.

— Correction : tu n'*étais* qu'une Cinq. Tu as accédé au rang de Trois, grâce à la Sélection.

— C'est vrai.

Je suis née au sein d'une famille d'artistes et de musiciens, et nos fins de mois sont souvent difficiles. Mais j'aime mon travail, même s'il ne m'assure pas une vie confortable. Je dois m'habituer à mon nouveau statut, qui implique que je peux désormais prétendre à une carrière d'enseignante ou d'écrivain.

Un hurlement hystérique de Celeste interrompt le flot de mes pensées.

— Mais bon sang, tu vas fonctionner, oui ! crie-t-elle en tapant la télécommande contre le canapé.

Je chuchote à l'adresse de Marlee :

— C'est moi, ou ça ne s'arrange pas ?

Elle s'acharne quelques instants sur la pauvre télécommande avant de la délaisser et de faire son zapping à partir du navigateur multimédia de la télévision. Je suppose qu'à sa place, si j'étais aussi gâtée et aussi capricieuse qu'elle, un rien me mettrait dans une colère noire.

— C'est le stress, observe Marlee. Tu as remarqué que Natalie devient... plus distante ?

J'acquiesce d'un signe de tête et nous observons nos trois voisines. Kriss bat les cartes, sourire aux lèvres, mais Natalie examine ses cheveux et en arrache un de temps à autre, la mine mécontente.

— Je crois que nous sommes toutes rongées par le stress. C'est difficile, maintenant que le groupe est réduit à six personnes.

Celeste lâche un grognement, puis nous surprend en train de la dévisager. Nous détournons très vite le regard et Marlee gigote un instant sur sa chaise.

— Excuse-moi cinq secondes, America. Je vais faire un tour au petit coin.

— Figure-toi que j'ai eu la même idée.

— Vas-y en premier, alors. Je vais d'abord finir mon thé.

— Très bien. À tout de suite.

Je quitte le Boudoir et je m'engage, sans presser le pas, dans le couloir à la décoration somptueuse. Je suis toujours éblouie par le luxe déployé entre les murs du palais. Le nez en l'air, je tourne à l'angle et percute un garde de plein fouet.

— Aïe !

— Pardonnez-moi, mademoiselle. J'espère que je ne vous ai pas fait peur.

— Non, tout va bien. J'aurais dû être plus attentive. Merci de m'avoir retenue, officier...

— Woodwork, répond le militaire avec une révérence rapide.

— Je m'appelle America.

— Je sais.

Je souris, prise en flagrant délit d'étourderie. Tout le monde ici sait comment je m'appelle.

— J'espère que la prochaine fois que nous nous croiserons, le choc sera moins brutal, officier Woodwork.

— Je l'espère aussi. Je vous souhaite une excellente journée, mademoiselle.

— Moi de même.

Lorsque je retourne au Boudoir, je raconte à Marlee cet épisode embarrassant, ce qui a le mérite de la faire rire.

Nous passons le reste de l'après-midi assises près de la fenêtre, à nous rôtir au soleil, et nous nous racontons nos vies. Une grande tristesse m'étreint alors que la lumière décline. La Sélection arrivera un jour à son terme, que je le veuille ou non, et mes conversations quotidiennes avec Marlee me manqueront, même si je sais que notre amitié survivra à cette aventure. J'appréhende le jour où je devrai me séparer d'elle.

Tandis que je combats un accès de mélancolie, Marlee contemple rêveusement le paysage. Je ne veux pas gâcher ce moment précieux par de vaines paroles.

3.

La porte-fenêtre qui donne sur le balcon est grande ouverte et un délicieux courant d'air balaie ma chambre, chargé des parfums sucrés qui s'élèvent des jardins. Moi qui croyais que cette douce brise me remonterait le moral, elle n'arrive qu'à me détourner de mon travail. Je n'ai qu'une envie, aller me dégourdir les jambes dehors.

Poussant un soupir à fendre l'âme, je m'adosse à mon fauteuil.

— Anne !

— Oui, mademoiselle ? répond la plus âgée de mes femmes de chambre, penchée sur son ouvrage.

Inutile de tourner la tête pour savoir que Mary et Lucy, mes deux autres caméristes, sont elles aussi sur le qui-vive.

— Je t'ordonne de trouver un intérêt quelconque à ce charabia, dis-je en désignant d'un doigt paresseux la feuille noire de statistiques posée devant moi.

Il s'agit d'un rapport militaire que les filles de la Sélection sont chargées d'étudier, mais j'ai toutes les peines du monde à me concentrer dessus.

Mes trois bonnes s'esclaffent, amusées par mon ordre ridicule.

— Pardonnez-moi, mademoiselle, mais je crois que cela dépasse mes compétences, répond Anne sur le ton de la plaisanterie.

— Tant pis. Vous n'êtes qu'une bande d'incapables. Dès demain, je réclame d'autres personnes à mon service. Et je suis très sérieuse.

Les voilà qui s'esclaffent à nouveau et je décide de me concentrer pour de bon sur le rapport. J'ai l'impression tenace – l'impression seulement – qu'il est sans queue ni tête. Je relis certains paragraphes et j'ausculte les graphiques, sourcils froncés, tout en mordillant mon stylo.

J'entends Lucy pouffer de rire et je lève la tête pour voir ce qui l'amuse tant. Mon regard tombe sur Maxon, appuyé contre le chambranle de la porte.

— Vous n'êtes pas très discrète ! lance-t-il, amusé, à l'adresse de Lucy qui se tient les côtes.

Je repousse aussitôt ma chaise et je me jette dans ses bras.

— Maxon, vous avec lu dans mes pensées !

— Pardon ?

— Je vous attendais pour aller me promener dans les jardins. M'accorder une petite pause, en somme.

— J'ai vingt minutes devant moi.

Je le traîne dans le couloir et nous laissons derrière nous le babillage surexcité de mes femmes de chambre.

Il n'est pas faux de dire que les jardins sont devenus notre refuge, à Maxon et à moi. Dès que l'occasion se présente de passer du temps ensemble, c'est là que nous nous rendons. Le contraste est énorme par rapport à l'endroit où j'organisais mes rendez-vous secrets avec Aspen : une petite cabane en bois perchée entre les branches de l'unique arbre de mon minuscule jardin.

— Qu'est-ce que c'est que ça ? me demande Maxon en me caressant le bout des doigts.

— Des cals. Je taquine les cordes de mon violon quatre heures par jour.

— Je les remarque pour la première fois.

— Ils vous dérangent ?

Maxon s'immobilise et me fait un baisemain.

— Au contraire. Je les trouve admirables. J'ai vu le monde – à travers des vitres blindées ou du haut de ma tour d'ivoire, j'en conviens, mais je le connais tout de même un peu. Il n'y a aucune question dont je ne sache la réponse. Mais cette petite main que je tiens là ? Cette main produit des sons incomparables, sans commune mesure avec ce que j'ai pu entendre jusqu'ici. Des mélodies qui semblent sortir tout droit d'un rêve. Ces cals prouvent que je n'ai pas rêvé.

— Vous connaissez vraiment les réponses à toutes les questions possibles et imaginables ?

— Vous ne me croyez pas ? Posez-moi une question, n'importe laquelle, et si je sèche, je sais où trouver la réponse.

— N'importe laquelle ?

— N'importe laquelle.

Ce n'est pas une mince affaire de composer une question au débotté, encore moins une question qui doit prendre Maxon au dépourvu. Je réfléchis un instant aux sujets qui titillaient ma curiosité quand j'étais petite. Comment volent les avions ? À quoi ressemblaient les États-Unis autrefois ? Et comment fonctionnent ces petits appareils qui jouent de la musique et que seuls les plus nantis des habitants d'Illéa possèdent ?

Le déclic se produit soudain.

— Halloween, ça vous dit quelque chose ?

— Halloween ? répète Maxon.

Il n'a manifestement jamais entendu ce mot, ce qui ne m'étonne pas. J'ai pour ma part croisé « Halloween » une seule fois, dans un vieux livre d'histoire en lambeaux dont mes parents prennent grand soin. Je suis fascinée par tout ce qui touche au passé, en particulier par les coutumes qui ont disparu au fil des siècles.

— Vous ne savez pas ? Le prince donne sa langue au chat ?

Avec une grimace outrée, Maxon vérifie l'heure à sa montre.

— Suivez-moi. Le temps presse, déclare-t-il, puis il m'entraîne dans une course échevelée à travers les couloirs du palais.

J'essaie de ne pas me laisser distancer, mais je trébuche à plusieurs reprises sur mes talons. Maxon a le visage fendu d'un large sourire ; il sait faire preuve d'une spontanéité désarmante.

— Messieurs, lance-t-il aux gardes sur son passage.

— Maxon, arrêtez ! Je n'arrive pas à suivre !

— Dépêchez-vous, j'ai quelque chose à vous montrer.

Il me tire le bras lorsque je ralentis, puis se résout à caler son rythme sur le mien.

Une fois arrivés dans l'aile nord, le bâtiment où se situe le studio d'enregistrement, nous nous engageons dans un escalier interminable. La curiosité a raison de moi.

— Où m'emmenez-vous exactement ?

— Vous devez me promettre de ne jamais révéler l'existence de cet endroit. Seuls quelques membres de ma famille et des gardes triés sur le volet sont au courant.

— Je vous en donne ma parole.

Nous atteignons un palier, Maxon ouvre une porte. Main dans la main, nous enfilons un long couloir et nous nous arrêtons devant un mur presque intégralement recouvert par un tableau aux dimensions impressionnantes. Maxon s'assure que nous sommes seuls et glisse sa main derrière le cadre. J'entends un cliquetis à peine perceptible, le tableau pivote sur son axe.

Mon souffle se bloque dans ma gorge.

Derrière le tableau, enchâssée dans le mur, se trouve une petite porte équipée d'un cadran à touches, semblable en tous points à celui d'un téléphone. Maxon compose un code, ce qui semble déclencher un mécanisme, et il tourne aussitôt la poignée.

— Laissez-moi vous aider, America. La marche est assez haute.

J'accepte la main qu'il m'offre et j'entre la première dans une pièce aux murs tapissés, du sol au plafond, de livres anciens. Aucune fenêtre ne laisse filtrer la lumière du jour. Sur deux étagères, je remarque des reliures barrées d'étranges marques rouges et, dans un coin, un immense atlas ouvert à une page qui présente un pays que je ne reconnais pas. Au centre de la pièce trône une table encombrée d'ouvrages consultés récemment. Enfin, encastré dans un mur, un écran qui m'évoque une télévision.

— Que signifient ces marques rouges ?

— Ce sont des livres interdits. Peut-être les seuls exemplaires qui existent dans tout le royaume.

Mes yeux posent à Maxon une question que je n'ose pas prononcer à voix haute.

— Oui, vous pouvez les regarder, me répond-il.

Je saisis l'un des livres avec mille précautions, terrifiée à l'idée de détruire un trésor inestimable, puis je le feuillette quelques instants et le repose presque aussitôt, déroutée par cette expérience.

Pendant ce temps, Maxon pianote sur ce qui ressemble à une machine à écrire reliée au téléviseur.

— Qu'est-ce que c'est ?

— Un ordinateur. Vous n'en avez jamais vu ? C'est devenu un objet rare. Celui-ci est conçu pour archiver toutes les informations contenues dans cette pièce. S'il se trouve ici un ouvrage qui traite de ce que vous appelez « Halloween », il nous l'indiquera.

J'ai du mal à saisir la pleine portée de ce que Maxon me dit, mais je n'ose pas le harceler de questions. Au bout de quelques secondes, une liste s'affiche à l'écran.

— Excellent ! s'exclame Maxon. Attendez-moi ici.

Je reste plantée près de la table tandis qu'il va chercher trois livres sur les rayonnages. J'espère que je ne lui ai pas fait perdre son temps, avec mes idées saugrenues.

Le premier livre présente Halloween comme un festival d'origine celtique célébrant la fin de l'été. Inutile de préciser que j'ignore ce que « celtique » signifie. Selon la croyance populaire, les âmes des défunts quittent leur royaume pour hanter le monde des vivants, lesquels doivent porter un masque afin de chasser les esprits malins. Au fil du temps, le festival s'est vidé de son contenu religieux pour s'adresser aux enfants, qui se déguisaient et allaient de maison en maison chanter des chansons et recevoir, en échange, des friandises.

Dans le deuxième livre, Halloween est aussi associé aux citrouilles.

— Là, ça va devenir intéressant, déclare Maxon en parcourant un volume beaucoup plus fin.

— Comment ça ?

— Vous avez sous les yeux, mademoiselle America, l'un des tomes du journal intime de Gregory Illeá, le fondateur de notre beau royaume.

— Incroyable ! Je peux le toucher ?

— Attendez que je trouve la page qui nous concerne. Regardez, il y a même une photo !

Et là, comme une apparition, une image en droite ligne du passé me montre un Gregory Illeá à l'air grave, austère, tiré à quatre épingles. Je retrouve certains de ses traits dans le visage de Maxon et dans celui du roi. À ses côtés, une femme adresse à l'objectif un sourire hésitant. Son visage garde l'empreinte d'une beauté fanée mais son regard a perdu tout éclat. Elle me paraît exténuée.

Autour de ce couple se tiennent trois petites silhouettes. C'est l'adolescente que je remarque en premier, une très jolie fille portant un diadème et une robe à fanfreluches. Elle s'est déguisée en princesse, et j'apprécie ce clin d'œil de l'histoire. Il y a aussi deux garçonnets à la bouille malicieuse, l'un un peu plus âgé que l'autre, mais leur costume ne m'évoque rien. Sous la photo, Gregory Illeá a rédigé un texte de sa propre main.

Les enfants ont fêté Halloween cette année. Un divertissement qui me semble parfaitement futile. Notre famille est l'une des dernières à pouvoir se permettre ce genre de réjouissances, mais ces gamineries sont à mon avis un gâchis immense.

— Pensez-vous que c'est pour cela que nous ne fêtons plus Halloween, Maxon ? Parce que c'est un gâchis immense ?

— Possible. La date indique la période qui a immédiatement suivi la riposte armée de l'État américain de Chine, juste avant la Quatrième Guerre mondiale. À cette époque, la majorité d'Illeá vivait dans une misère noire – imaginez-vous une nation entière peuplée de Sept, avec une poignée de Deux à sa tête.

— Inouï… Combien Gregory Illeá nous a-t-il légué de carnets ?

Maxon désigne une étagère derrière lui.

— Une dizaine.

Phénoménal ! Un témoignage inestimable à portée de main ! J'en ai la tête qui tourne.

— Merci, Maxon. Ce que vous m'avez montré dépasse l'entendement.

— Vous voulez lire le reste ?

— Et comment ! Mais je ne peux pas m'attarder ; j'ai un rapport à étudier. Et vous, il y a votre métier de prince qui vous attend !

— C'est vrai. Tenez, j'ai une idée. Vous pourriez emporter le journal et le garder quelques jours dans votre chambre.

— J'en ai le droit ?

— Non, répond Maxon avec un sourire.

J'hésite un court instant. J'ai peur de perdre le journal, de l'abîmer, mais la curiosité vient rapidement à bout de mes craintes. Une opportunité pareille ne se présente pas deux fois dans une vie, et ne se refuse pas.

— J'accepte. Pour un jour ou deux seulement, et je vous le rends très vite.

— Cachez-le bien, America.

Je ne me le fais pas dire deux fois. Au-delà d'un livre, c'est sa confiance que Maxon a placée en moi ; je dois me montrer à la hauteur de ses attentes. Le journal atterrit donc dans les profondeurs du tabouret de mon piano, sous une liasse de partitions – un endroit dont l'accès est même interdit à mes femmes de chambre. Bien malin qui ira le chercher là-dedans.

4.

— C'est peine perdue ! se lamente Marlee.

— Mais non, tu t'en sors très bien.

Cela fait maintenant plus d'une semaine que je donne des leçons particulières de piano à Marlee, sans la moindre progression par rapport au premier jour. C'est difficile à croire, je sais, mais j'ai l'impression qu'elle régresse au lieu de s'améliorer. Elle enfile les fausses notes comme des perles et chaque couac m'arrache une grimace.

— Oh ! s'écrie-t-elle. Je suis irrécupérable. Autant jouer avec mes coudes.

— Tu devrais essayer. Peut-être que tes coudes sont plus précis que tes doigts.

— J'abandonne. Excuse-moi, America, tu as été d'une patience d'ange, mais je ne peux pas supporter de m'entendre maltraiter ce pauvre piano. On dirait qu'il est malade.

— À l'agonie, plutôt.

Marlee explose et je joins mon rire au sien. J'étais loin de me douter qu'en acceptant de lui enseigner le piano, j'allais m'exposer à une torture pareille.

— Pourquoi tu n'essaierais pas le violon ? C'est très mélodieux, un violon.

— Surtout pas. Avec mes deux mains gauches, je risquerais de le réduire en miettes.

Marlee se dirige vers un guéridon sur lequel mes femmes de chambre ont disposé des biscuits et du thé.

— Celui que j'ai dans ma chambre ne m'appartient pas, il appartient au palais. Tu pourrais même le fracasser sur la tête de Celeste si ça te chante.

— Ne me tente pas. Oh, America, je vais avoir du mal à reprendre ma petite vie sans toi. Je vais faire une dépression, je crois, quand on ne pourra plus se voir tous les jours.

— Maxon est loin d'avoir pris sa décision, tu sais, Tu as toutes tes chances

— J'en doute. Il n'a pas été clair là-dessus, mais je sais qu'il m'a gardée parce que je suis la chouchoute du public. Ce n'est qu'une question de jours avant que le vent tourne, et alors Maxon me chassera.

— Je croyais qu'il ne t'intéressait plus ?

— Je n'ai aucun atome crochu avec lui. Cela ne me dérange pas d'être éjectée de la compétition, mais je ne veux pas quitter le palais. En plus, cela m'embêterait de finir avec un homme qui est amoureux d'une autre.

Je me redresse en sursaut.

— Mais de qui parles-tu ?

Marlee affiche alors un air triomphant et le sourire qui se dissimule à moitié derrière sa tasse de thé clame *Je t'ai bien eue !*

En une fraction de seconde, je me rends compte que l'idée que Maxon s'entiche d'une autre Sélectionnée m'remplit d'une jalousie insupportable. Et, l'instant d'après, je comprends que je suis celle dont Maxon est censé être amoureux.

Il a suffi d'une seule phrase pour me trahir.

— Pourquoi tu n'as pas dit stop à la Sélection, America ? Tu sais qu'il t'aime.

— Il ne m'a jamais avoué qu'il m'aimait.

— Et ça t'étonne ? Il fait des efforts immenses pour se rapprocher de toi et, chaque fois, tu le repousses. Pourquoi ?

Puis-je avouer à Marlee que les sentiments que j'éprouve à l'égard de Maxon sont en conflit avec ce que je ressens pour Aspen ? J'ai confiance en Marlee, une confiance aveugle, mais il vaut mieux, pour elle et pour moi, qu'elle ne sache rien.

— Je… j'hésite.

— Eh bien, arrête. Très vite. Ce n'est pas parce que je n'ai aucune affinité avec lui que Maxon n'est pas un garçon formidable. Il ne faut pas que tu lui tournes le dos à cause de ta peur.

Elle a raison, là encore. J'ai peur. Peur que les sentiments de Maxon ne soient pas aussi sincères qu'il le prétend, peur de devenir princesse, peur de perdre Aspen...

— Pour finir sur une note plus légère, ajoute Marlee en reposant sa tasse, la conversation d'hier sur le mariage m'a donné une idée.

— Laquelle ?

— Tu accepterais d'être ma demoiselle d'honneur ? Si je me marie un jour ?

— Oh, Marlee, bien sûr que j'accepte ! Et tu veux bien être la mienne ?

— Mais tu as des sœurs. Elles ne seront pas vexées ?

— Elles comprendront. Alors, tu veux bien ?

— Mais oui ! Je ne raterais ton mariage pour rien au monde !

Comme si mes noces allaient être l'événement du siècle...

— Promets-moi que si j'épouse un Huit qui n'arrive même pas à gagner de quoi vivre et qui habite un taudis, tu seras là malgré tout, America.

— Je te le promets, Marlee.

J'aurais souhaité passer la soirée avec le prince. Les questions de Marlee m'ont plongée dans un tourbillon de doutes, des doutes que je dois lever au plus vite.

Le dîner fini, alors que nous sortons de table, mon regard croise celui de Maxon et je tire sur le lobe de mon oreille. C'est notre code secret pour signaler à l'autre que l'on souhaite le voir au plus tôt. Ce soir, pourtant, Maxon me fait comprendre qu'il va devoir décliner mon invitation. Avec une petite moue de déception, je lui souhaite bonne nuit de la main.

Peut-être est-ce mieux ainsi. J'ai vraiment besoin de réfléchir.

Lorsque je passe l'angle, je découvre qu'Aspen monte à nouveau la garde devant ma porte. Me toisant des pieds à la tête, il admire la robe moulante qui arrive à mettre en valeur mes formes – le peu de formes que j'ai, plutôt. Sans un mot, je passe devant lui. Au moment où je tourne la poignée de ma porte, il me frôle le bras. Ce contact fugitif fait monter en moi un désir dévorant. Un seul coup d'œil à ses prunelles vert émeraude et mes genoux s'entrechoquent.

Je me réfugie dans ma chambre, mise à la torture. À peine la porte se referme-t-elle que mes femmes de chambre se pressent autour de moi et ne me laissent pas un instant de répit. Tant mieux. Tandis qu'elles me brossent les cheveux en papotant, j'essaie de me détendre, de laisser vagabonder mes pensées.

Impossible. Je dois choisir. Aspen ou Maxon.

Comment me dépêtrer de ce dilemme ? Je tente de me tranquilliser en me répétant que j'ai encore tout le temps devant moi. Que rien ne presse.

5.

— Ainsi donc, mademoiselle Celeste, les effectifs ne sont pas suffisants selon vous et il faudrait enrôler plus d'hommes lors de la prochaine conscription ?

C'est la question que Gavril Fadaye, l'animateur des débats du Bulletin du Capitole et l'intervieweur attitré de la famille royale, pose à mon ennemie jurée.

Les débats diffusés pendant le Bulletin permettent aux téléspectateurs de nous évaluer, nous en avons toutes conscience. Le public a hâte que Maxon trouve chaussure à son pied, comme on dit, et j'ai le sentiment que le couple royal et tous ses conseillers sont dans le même état d'esprit. Celles qui veulent rester au sein de la Sélection doivent jouer le jeu, et ce sont eux qui imposent les règles. J'ai eu raison de me forcer à lire et à relire ce fichu rapport. Ayant gravé dans ma mémoire certaines statistiques, j'espère faire bonne impression ce soir.

— C'est exact, Gavril. Le conflit en Nouvelle-Asie dure depuis des années et je suis certaine qu'envoyer au front quelques bataillons supplémentaires pourrait nous apporter la victoire, répond Celeste.

C'est ma bête noire. Elle a réussi à faire expulser une des filles, à saboter la fête d'anniversaire de Kriss le mois dernier et, cerise sur le gâteau, elle a déchiré une de mes robes. Elle se croit à l'abri des représailles grâce à son statut de Deux. En toute franchise, je n'ai aucune opinion sur la stratégie militaire d'Illeá mais je mets un point d'honneur à être en désaccord avec Celeste, quel que soit le sujet.

D'un calme olympien, j'assène :

— Je ne suis pas d'accord.

Celeste pivote vers moi, ses longs cheveux noirs fouettant ses épaules, et ne se gêne pas pour me fusiller du regard, le dos tourné à la caméra.

— Ah, mademoiselle America, vous estimez qu'augmenter les effectifs est une mauvaise idée ? reprend Gavril.

— Comme les Deux peuvent se permettre d'échapper à la conscription en payant une grosse amende, il y a fort à parier que Mlle Celeste n'a jamais vu une famille déchirée par le départ à la guerre de son fils unique. En particulier chez les castes les plus modestes, qui ont tendance à avoir une famille nombreuse et ont besoin de tous les bras disponibles pour travailler.

Assise à côté de moi, Marlee me donne un coup de coude amical.

— Et qu'est-ce que tu suggères ? rétorque Celeste. Tu veux rester bras croisés et attendre que ces conflits se règlent tout seuls ?

— Non, bien sûr que non. Moi aussi je veux qu'Illeá vive en paix avec ses voisins.

Je marque une pause et, du regard, je cherche le soutien de Maxon. Le roi ne dissimule pas sa fureur.

Je tente alors de noyer le poisson en disant la première chose qui me vient à l'esprit :

— Et si les soldats étaient embauchés sur la base du volontariat ?

— Du volontariat ? répète Gavril.

Celeste et Natalie se mettent à pouffer et mon embarras augmente. Mon idée est-elle mauvaise ?

— Oui. Il y aurait des détails à ajuster, mais peut-être qu'une armée constituée de professionnels motivés serait plus efficace qu'une troupe de garçons qui n'ont qu'un objectif – ne pas se faire tuer et retrouver la vie qu'ils ont laissée derrière eux.

Le silence s'est abattu sur le plateau. Manifestement, j'ai marqué quelques points.

— C'est une bonne idée, enchaîne Elise. Et en envoyant au front de nouvelles recrues tous les deux ou trois mois, à mesure que les volontaires se présentent, ça remonterait le moral des troupes déjà sur place.

— Je suis tout à fait d'accord, répond Marlee.

— Je me rends compte que ça peut paraître un peu révolutionnaire, mais pourquoi ne pas ouvrir le volontariat aux femmes ? demande Kriss.

Celeste ricane.

— Et tu crois qu'il y aurait beaucoup de femmes qui se porteraient volontaires ? Tu irais te battre, toi ?

Kriss ne se laisse pas démonter.

— Non. Je n'ai pas l'étoffe d'un soldat. Mais, s'il y a une chose que j'ai apprise durant la Sélection, c'est que certaines filles seraient capables de tuer pour obtenir ce qu'elles veulent. Ne vous laissez pas aveugler par les robes de soirée et les paillettes.

Lorsque je regagne ma chambre, mes trois bonnes se proposent de rester un peu plus longtemps pour m'aider à retirer les dizaines d'épingles qui sculptent mes cheveux.

— Votre idée d'armée volontaire m'a convaincue, déclare Mary en s'affairant au-dessus de mon chignon.

— Moi aussi, ajoute Lucy. Je me souviens des soucis que mes voisins ont eus quand leurs fils ont été envoyés à la guerre. Et je me souviens surtout de ce qui s'est passé quand ils sont rentrés entre les planches d'un cercueil.

Des dizaines d'images défilent devant ses yeux, et je vois. Moi aussi, il y a des choses, des gens que je n'ai pas oubliés…

Miriam Carrier, par exemple. C'était une jeune veuve qui vivait seule avec son fils, Aiden, dans le même quartier que nous. Ensemble, ils se débrouillaient plutôt bien. Aiden a dû partir à la guerre et, un jour, des soldats se sont présentés à la porte de Miriam avec une lettre liserée de noir, un drapeau et des condoléances feintes. Aiden avait été abattu par l'ennemi et sa mère, livrée à elle-même, a perdu pied. Seule, elle n'arrivait plus à rien. Je l'ai revue plusieurs fois, elle faisait la manche sur cette même place où j'ai fait mes adieux à la Caroline du Sud. Comme j'avais les poches aussi vides que les siennes, je n'ai pas pu l'aider.

— Par contre, j'ai trouvé que Mlle Kriss était allée un peu trop loin, déclare Anne, la bouche en cul de poule. Des femmes soldats, c'est une idée grotesque !

Amusée, je tente de la faire changer d'avis en convoquant papa dans la conversation.

— Mon père m'a raconté qu'à une époque…

C'est alors qu'on frappe à la porte. Je sursaute sur ma chaise.

— Une idée m'a traversé l'esprit, annonce Maxon en déboulant dans ma chambre sans y être invité.

— Votre Majesté ! lancent en chœur mes trois bonnes.

Tout en s'inclinant, Mary fait tomber quelques épingles. Elle s'accroupit aussitôt pour les ramasser.

— Laissez-moi vous aider, offre le prince.

Et il s'empresse auprès d'elle.

— Ne vous dérangez pas pour moi, répond-elle, rougissant jusqu'aux oreilles.

Elle sort de la chambre à reculons et roule de gros yeux pour faire comprendre à ses collègues qu'il est grand temps de prendre congé. Pas très subtile.

— Euh, bonne nuit mam'zelle, bafouille Lucy en tirant sur la manche d'Anne.

Une fois seuls, Maxon et moi, nous n'arrivons pas à réprimer un fou rire.

— Elles sont hautement comiques, fait-il remarquer.

— Elles vous admirent tant qu'elles en deviennent maladroites.

Maxon balaie le compliment du revers de la main avant de poursuivre :

— Pour revenir à mon idée…

— Dites-moi.

— Vous vous souvenez d'Halloween ?

— Bien sûr. Au fait, je n'ai toujours pas lu le journal. Mais il est bien caché.

— Je vous fais confiance. Personne ne le cherche, de toute façon. Quoi qu'il en soit, j'ai réfléchi. Tous ces livres racontent que la fête tombait en octobre, n'est-ce pas ?

— Oui.

— Nous sommes en octobre. Et si nous fêtions Halloween cette année ?

— Vraiment ? Ce serait possible ?

— Cela vous plairait ?

— Et comment !

— Il va sans dire que toutes les Sélectionnées auront des déguisements faits sur mesure. Les gardes qui ne seront pas de service ce soir-là vous serviront de cavaliers. Et vous pourriez prendre des leçons de danse au cours de la semaine précédant la fête. Il vous arrive de trouver le temps long, vous me l'avez avoué. Et les confiseries ! Nous ferons appel aux confiseurs les plus réputés de la planète. Vous mangerez tellement de sucre que vous finirez par demander grâce ! Et nous dirons au pays tout entier de fêter Halloween en même temps. Que les enfants se déguisent, qu'ils aillent frapper aux portes de leurs voisins et qu'ils réclament des friandises, comme au temps jadis. Votre sœur s'amusera-t-elle ?

— Bien sûr qu'elle s'amusera ! Tout le monde va s'amuser !

— Pensez-vous qu'elle aimerait fêter Halloween ici, au palais ?

— Quoi ?

— À un moment ou à un autre, je dois faire connaissance avec les parents des Sélectionnées. Je suis tenté de profiter de cette occasion pour inviter aussi les frères et les sœurs, au lieu d'attendre…

Je l'interromps en me jetant dans ses bras. Trop heureuse à l'idée de revoir May et mes parents, je n'ai pas réussi à contenir mon enthousiasme. Maxon m'enlace par la taille et plonge son regard pétillant dans le mien. Comment ce garçon, dont le caractère est aux antipodes du mien, arrive-t-il à décrypter mes désirs les plus secrets ?

— Vous êtes sincère ? Ils peuvent vraiment venir ?

— Bien sûr. Il me tarde de les rencontrer, et c'est une étape dans le processus de la Sélection. Par ailleurs, cela vous fera du bien de revoir vos familles respectives, même quelques heures.

J'ai le plus grand mal à ravaler mes larmes. Des larmes de joie.

— Merci, Maxon.

— Je vous en prie… Je sais que vous les chérissez de tout votre cœur. Et vous feriez tout pour eux, cela saute au visage. Après tout, si vous avez accepté de rester au sein de la Sélection, c'est dans leur intérêt.

— Maxon, c'est dans leur intérêt que je suis restée au début, mais ce n'est plus le cas à présent. Si je reste, c'est que…

— C'est que ?

Un espoir démesuré se lit dans le regard de Maxon. *Dis-le, America. Dis-lui ce que tu ressens.*

— C'est que ? répète-t-il sur un ton malicieux.

Je lui adresse un sourire énigmatique avant de tourner les talons.

— America Singer, revenez ici tout de suite !

Il me rattrape et me saisit par la taille.

— Dites-moi, chuchote-t-il.

Je refuse de prononcer le moindre mot ; il entre dans mon jeu.

— Fort bien. Je vais devoir recourir à un autre moyen de communication.

Et, sans préavis, il m'embrasse. Je me sens basculer vers l'arrière, je noue mes mains sur sa nuque et… un tableau inattendu s'impose à mon esprit.

D'ordinaire, lorsque nous sommes ensemble, j'oublie tout le reste. Cette fois-ci, pourtant, je me dis qu'une autre fille peut prendre ma place à tout instant. Il me suffit d'imaginer la scène pour que mon cœur se brise. Et, c'est plus fort que moi, je fonds en larmes.

— Ma chère, qu'avez-vous ?

Ma chère ? Ce témoignage d'affection me console un instant et l'envie de lutter contre mes sentiments se volatilise. Je veux être la bien-aimée de Maxon, l'élue de son cœur. L'idée de le quitter maintenant m'est insupportable. Il faut que je prouve que je suis digne d'être princesse en lui avouant mes sentiments, en toute franchise. Ce que j'essaie de faire, d'une voix chevrotante :

— Je ne veux pas quitter tout cela.

— À moins que ma mémoire ne me joue des tours, répond Maxon, lors de notre première rencontre vous m'avez dit que ce palais était une cage. Avez-vous changé d'avis ?

— Vous n'êtes pas très futé, parfois. Je ne parlais pas du palais, Maxon. Je me contrefiche des robes luxueuses, de mon lit douillet ou, croyez-le ou non, des petits plats que préparent vos cuisiniers… Non, c'est vous. Vous que je ne veux pas quitter.

— Moi ? Vous me voulez moi ?

— C'est ce que je m'épuise à vous faire comprendre.

— Comment… mais… qu'ai-je fait ?

— Je n'en sais trop rien. Je pense que nous serions bien ensemble.

— Nous serions parfaits ensemble, vous voulez dire.

Radieux, Maxon m'attire vers lui et m'embrasse à nouveau.

— Vous en êtes sûre ? Certaine ?

— Oui.

Il me guide vers le lit et nous nous asseyons, main dans la main, ma tête sur son épaule. Il ne dit rien, ce qui m'étonne. Il se contente de lâcher, de loin en loin, un profond soupir qui traduit l'étendue de son bonheur. Et qui apaise un peu mon angoisse. Comme si notre complicité ne tenait qu'à un fil.

Au bout d'un moment – peut-être parce que nous restons l'un et l'autre désespérément muets –, Maxon se redresse.

— Je vais vous laisser. Si le palais doit inviter toutes les familles aux célébrations, il me faut prendre des dispositions supplémentaires.

— Merci, merci mille fois.

— Je vous revois demain, murmure-t-il. Vous êtes merveilleuse.

Et son regard exprime une admiration sans bornes, si bien que je me sens stupide d'avoir douté de lui.

Une fois seule dans ma chambre, je ferme les yeux et je revis chaque détail de notre tête-à-tête : les regards que Maxon m'a lancés, ses sourires espiègles, ses baisers. Je serais curieuse de savoir si mon bien-aimé, dans la tranquillité de sa chambre, se repasse les mêmes images avant de s'abandonner au sommeil.

6.

— Excellent, mademoiselle. Continuez à montrer les esquisses ; les autres, évitez de regarder l'objectif, commande le photographe.

Je m'efforce de prendre un air naturel tout en étudiant les croquis qu'Anne a ébauchés ; quant à mes femmes de chambre, elles se tiennent autour d'une table sur laquelle s'exposent des rouleaux d'étoffe, des boîtes pleines de sequins et une quantité absurde de plumes.

Ce samedi n'est pas un samedi comme les autres car nous n'avons pas à passer la journée au Boudoir, ainsi que l'exige le règlement. Lors du petit déjeuner, Maxon nous a annoncé la date de la soirée d'Halloween et les caméristes se sont immédiatement attelées à la confection de nos costumes. Des photographes ont débarqué pour immortaliser les préparatifs.

La mise en scène se poursuit. À l'instant où je fais mine d'admirer un pan de tissu lamé, un visiteur inattendu fait son entrée.

— Bonjour mesdemoiselles, dit Maxon.

Un sourire étire mes lèvres, je me tiens un peu plus droite. Le photographe prend un dernier cliché avant de se tourner vers Maxon.

— Votre Majesté, c'est toujours un honneur. Voulez-vous poser avec cette charmante demoiselle ?

— Avec grand plaisir.

Mes bonnes reculent d'un pas. Maxon s'empare de quelques dessins, se place derrière moi et met une main sur ma hanche. Ce contact discret signifie beaucoup pour moi. *Tu vois,* semble-t-il me dire, *je vais bientôt te prendre dans mes bras devant les yeux du monde entier. Ce n'est qu'une question de temps...*

Après quelques prises de vue, le photographe part s'occuper d'une autre Sélectionnée. Je me rends compte que mes femmes de chambre se sont éclipsées pendant cette séance de pose improvisée.

— Vos caméristes ont beaucoup de talent, déclare Maxon. Ces croquis sont très prometteurs.

— Je suis entre de bonnes mains.

— Avez-vous choisi votre tenue ?

— Nous avons un petit faible pour l'oiseau. Je crois que c'est une allusion à mon collier. J'effleure la chaîne en argent à laquelle est accroché un pendentif en forme de rossignol, cadeau de mon cher papa, et que je préfère mille fois aux bijoux somptueux que nous prête le palais.

— Cela m'ennuie de doucher votre enthousiasme, mais il me semble que Celeste envisage elle aussi un déguisement en lien avec les bêtes à plume. Et elle paraît déterminée.

— Tant pis. Je lui laisse les plumes sans regret... Vous êtes allé voir Celeste, si je comprends bien ?

— Juste une visite de politesse. Je crains de ne pouvoir rester longtemps avec vous non plus. Père demeure sceptique, mais il a bien voulu admettre que fêter Halloween est une bonne idée. Et cela nous procure un contexte plus agréable pour rencontrer les familles, tout bien considéré.

— Tout bien considéré ?

— Oui. Mon père est impatient de procéder aux éliminations, et je suis censé écarter l'une d'entre vous après avoir lié connaissance avec vos parents. Plus vite tout sera bouclé, mieux il s'en portera.

Je n'avais pas compris qu'une élimination était au programme d'Halloween. J'y voyais un simple divertissement. Cette nouvelle ranime ma nervosité, même si je fais tout pour me raisonner. Je n'ai rien à craindre, pas après notre conversation d'hier soir.

Maxon a l'air fasciné par les croquis.

— Je vais devoir vous laisser, lâche-t-il d'un air distrait.

— Vous partez déjà ?

— Ne m'en tenez pas rigueur, très chère. Nous nous verrons à l'occasion du dîner.

— Est-ce que tout va bien, Maxon ?

— Bien sûr, répond-il en déposant un baiser rapide sur ma joue. Il faut que je file. À bientôt.

Et il disparaît, aussi soudainement qu'il a surgi dans la pièce.

Lorsque arrive le dimanche, Halloween n'est plus qu'à une semaine de distance. Du jour au lendemain, le palais se transforme en ruche. Nous passons la matinée du lundi à composer le menu d'Halloween, sous la baguette de la reine Amberly. J'ai connu pire, comme corvée. L'après-midi, Celeste disparaît quelques heures du Boudoir. À son retour, elle annonce :

— Maxon vous salue.

Le mardi, nous regardons par la fenêtre Maxon enseigner les rudiments du tir à l'arc à Kriss dans les jardins, puis nous accueillons des membres de la famille royale qui viennent fêter Halloween avec nous. Marlee et Natalie ne se présentent pas à la Salle des Banquets lors des repas, ce qui m'étonne. L'embarras me gagne peu à peu. Aurais-je commis une erreur en avouant mes sentiments à Maxon ? Il consacre des heures entières aux autres filles sans trouver une minute pour moi ; depuis deux jours, ses actes contredisent ses belles paroles.

Je garde espoir jusqu'au vendredi ; assise à mon piano, j'attends que Maxon vienne me rejoindre après l'enregistrement du Bulletin du Capitole.

Il ne vient pas.

Je tâche de garder le moral le lendemain car on nous a donné pour mission de divertir nos invitées le matin dans le Boudoir, avant de suivre une énième leçon de danse l'après-midi.

Je peux remercier ma famille de m'avoir fait exceller en musique et en sculpture, parce que je suis une danseuse pitoyable. Seule Natalie me dépasse en balourdise. Inutile de préciser que Celeste est la grâce incarnée. Plus d'une fois, les professeurs lui demandent de guider les autres, de leur montrer l'exemple. À cause de ses conseils désastreux, Natalie manque se tordre la cheville mais Celeste, aussi perfide qu'un serpent, n'hésite pas à la rendre seule responsable de sa maladresse. Tout le monde la croit sur parole, même Natalie prend la chose à la plaisanterie. Je l'admire de ne pas laisser Celeste entamer sa bonne humeur.

Aspen ne rate aucune leçon. Au début je l'évite de mon mieux. D'après la rumeur, certains gardes vendraient père et mère pour nous tenir lieu de cavaliers quand d'autres, ceux qui sont déjà en couple, ne veulent pas être vus dans les bras d'une autre – d'autant que les cinq Sélectionnées que Maxon éliminera seront bientôt très courtisées.

Aujourd'hui c'est notre dernière leçon et je décide de ne pas repousser Aspen lorsqu'il m'invite à danser.

— Tout va bien ? chuchote-t-il. Tu n'as pas l'air dans ton assiette ces derniers jours.

— Un peu de fatigue, c'est tout.

— Vraiment ? Je pensais qu'une catastrophe allait me tomber sur le coin du nez.

— Une catastrophe ?

— Que tu m'annonces que je dois tirer un trait sur toi...

Je dois avouer que je n'ai pas accordé la moindre pensée à Aspen cette semaine. Trop centrée sur mon nombril, sur mes petits problèmes. Indifférente à son tourment. Je proteste mollement :

— Tu te trompes sur toute la ligne.

Ma réponse reste évasive et je me sens coupable de le laisser dans le vague, mais il a l'air de s'en satisfaire. Pour l'instant.

— Aïe ! s'exclame-t-il soudain. Merci pour mon pied.

— Oups ! Excuse-moi.

— Navré de te dire ça, America, mais tu as la grâce d'un éléphant.

— Je sais, je sais. Je fais ce que je peux !

Un éléphant parmi des libellules, voilà à quoi je me fais penser ; ce qui me manque en légèreté, je le compense par mon zèle. Aspen, toujours attentionné, tente de limiter les dégâts en se réglant sur mon rythme au lieu de suivre la musique.

À l'issue de cette dernière leçon, j'arrive, je ne sais comment, à retenir tous les pas. Rien ne peut garantir que je ne donnerai pas de coup de talon un peu trop énergique à un diplomate, mais je vais faire de mon mieux. Pas étonnant que Maxon ait des doutes à mon sujet. Je serai une source d'embarras pendant nos visites à l'étranger, lorsqu'il faudra recevoir une tête couronnée ou un ambassadeur. Il suffit de me voir danser pour s'en assurer.

Découragée, je vais chercher un verre d'eau. Aspen m'accompagne tandis que les autres filles quittent la pièce.

— America, tu n'oses pas me le dire, mais tu t'inquiètes par rapport à lui. À Maxon.

Je baisse les yeux, écarlate. Je n'ai donc aucun secret pour lui…

— Ce n'est pas que je l'encourage, ajoute-t-il, mais s'il ne voit pas tes qualités, c'est qu'il lui manque une case. Et même si tu ne deviens pas princesse, ça n'enlève rien. Tu es une fille phénoménale. Et tu sais… tu sais à quel point…

Comme il ne parvient pas à finir sa phrase, je me risque à lever la tête. Dans son regard, je vois que nous sommes liés pour l'éternité. Aspen me connaît mieux que quiconque et il sera toujours là pour moi, quoi qu'il advienne.

— Oui, Aspen, je sais. Moi aussi.

7.

Tandis que nous prenons notre mal en patience dans le majestueux vestibule du palais, sagement alignées contre le mur, j'ai bien du mal à brider ma nervosité. Et je ne parle même pas des fourmis dans les jambes.

— Mademoiselle America, chuchote Silvia, notre gouvernante (elle s'occupe de nous depuis notre arrivée au palais).

Il ne m'en faut pas plus pour comprendre que mon attitude transgresse toutes les règles de l'étiquette. Peut-être l'attente serait-elle moins pénible si Maxon était déjà là. Ou peut-être que sa présence augmenterait encore mon niveau de stress… je ne le saurai jamais.

Un brouhaha filtre à travers les portes du palais. Mon cœur s'emballe. Ils arrivent.

— Les voilà !

— Très bien, mesdemoiselles. Tenez-vous convenablement ! Les majordomes et les domestiques, mettez-vous en retrait, s'il vous plaît.

Nous tâchons toutes de rester aussi dignes que le souhaite Silvia, mais à la seconde où les parents de Kriss et ceux de Marlee franchissent la porte à double battant, toutes nos belles résolutions s'effritent. Entre les cris et les larmes de joie, personne ne se soucie du décorum ; l'émotion est trop forte. Les parents de Celeste arrivent encore à se contenir, mais difficilement, et leur fille se précipite à leur rencontre. C'est alors qu'une petite silhouette auréolée d'une tignasse rousse se matérialise sur le seuil et me cherche du regard.

— May ! Par ici !

Ma petite sœur accourt, maman et papa sur ses talons. Je la cueille dans mes bras, la gorge serrée, les yeux voilés de larmes.

— America, la chance que tu as ! piaille-t-elle avec une admiration mêlée de jalousie. Tu es trop, trop belle !

Pas le temps de discuter : papa nous serre contre lui, à nous briser les os, et maman fait de même. Nous formons une pelote humaine sur les dalles de marbre.

Un soupir exaspéré parvient à mes oreilles. C'est Silvia, qui voit ses beaux efforts anéantis, mais ce qu'elle pense de notre conduite m'est complètement égal.

Je finis par retrouver mon souffle et l'usage de mes cordes vocales.

— Je suis si contente de vous voir !

— Nous aussi, ma puce, s'exclame papa. Je ne peux même pas te dire combien tu nous as manqué.

— Tu es si jolie, mon cœur, souffle ma mère, les yeux brillants. On dirait une princesse.

Pour une fois elle ne me harcèle pas de questions, elle ne me donne pas d'ordres. Elle profite de l'instant présent et rien ne saurait me faire plus plaisir. Parce que je suis heureuse, moi aussi, tout simplement.

Soudain, le regard de May se perd derrière mon épaule.

— C'est lui, chuchote-t-elle.

Lorsque je me retourne, je constate que Maxon nous observe du sommet de l'escalier. Il s'approche de notre petit groupe, un sourire flottant sur ses lèvres. Mon père se redresse immédiatement de toute sa hauteur.

— Votre Altesse.

Ils échangent une poignée de main virile.

— Monsieur Singer, c'est un honneur de faire votre connaissance. On m'a beaucoup parlé de vous. De vous aussi, madame Singer.

Maxon se tourne alors vers maman, qui s'est mise debout et se recoiffe à la va-vite.

— Votre Majesté. Excusez-nous pour ces retrouvailles tumultueuses.

— Mais au contraire. Je me doutais bien que les proches de Mlle America seraient tout aussi fougueux qu'elle. Et vous, jeune fille, vous devez être May.

May s'attend à une poignée de main mais Maxon préfère lui faire la bise. La voilà rouge comme une tomate.

— Je n'ai pas encore eu l'occasion de vous remercier d'avoir mangé ces tartelettes aux fraises sans verser de larmes, déclare-t-il.

— Pardon ?

— Vous n'êtes pas au courant ? C'est grâce à vous que j'ai obtenu mon premier rendez-vous avec votre délicieuse sœur. Je suis votre éternel obligé.

— J'accepte vos remerciements, glousse May.

Nouant les mains derrière le dos, Maxon se raccroche au protocole.

— Je crains de devoir vous fausser compagnie, mais restez ici un instant, je vous prie. Je vais faire une courte annonce au groupe. Et j'espère vous revoir très vite. J'ai été ravi de faire votre connaissance.

Il s'éloigne à petits pas pressés et May déclare, sans s'embarrasser de discrétion :

— Il est encore plus mignon en vrai !

Maxon l'a entendue, je le vois secouer la tête.

Le prince se présente ensuite à la famille d'Elise, de loin la plus distinguée du groupe. Ses frères aînés se tiennent au garde-à-vous et ses parents le saluent d'une révérence. Je me demande si c'est calculé, ou si c'est ce que leur dicte spontanément la politesse.

Avec leurs cheveux noir de jais et leurs vêtements élégants, ils ont une allure très aristocratique.

À côté d'eux, Natalie et sa petite sœur sont en grande conversation avec Kriss tandis que leurs parents se serrent la main. L'excitation est à son comble.

— Qu'est-ce qu'il insinuait lorsqu'il a parlé de notre fougue ? s'inquiète maman. C'est parce que tu lui as hurlé dessus lors de votre première rencontre ? Tu t'es calmée depuis, j'espère ?

— En réalité, nous nous disputons assez souvent.

— Quoi ? !

— Oh, et je lui ai donné un coup de genou dans les parties sensibles un jour.

Un ange passe, puis May s'étrangle de rire. Elle plaque une main sur sa bouche et papa pince les lèvres, contenant à grand-peine son hilarité. Maman change de couleur.

— America, c'est une plaisanterie ? Dis-moi que tu n'as pas agressé le prince.

Je ne sais pas pourquoi, mais à la seconde où elle prononce le mot « agressé », je perds tous mes moyens, et je ne suis pas la seule. Difficile de rester sérieux sous le regard réprobateur de maman.

— America, tu es incorrigible !

— Ainsi donc, il aime les filles qui ont du caractère, dit papa. Je l'apprécie de plus en plus, ce jeune homme.

Déjà Maxon s'est engagé dans l'escalier, il s'en sert comme d'une tribune.

— Mesdames et messieurs, je souhaite vous remercier à nouveau, car vous nous honorez de votre présence. Nous sommes très heureux de vous accueillir afin de faire revivre tous ensemble la fête d'Halloween, reléguée depuis des décennies aux oubliettes, et de faire connaissance par la même occasion. Mes parents regrettent de n'avoir pu se joindre à nous aujourd'hui. Vous les rencontrerez très prochainement.

« Les membres de l'Élite, ainsi que les dames et demoiselles ici présentes, sont conviées à prendre le thé avec la reine cet après-midi dans le Boudoir. Et ces messieurs savoureront un cigare en compagnie de mon père et de moi-même. Un majordome viendra vous chercher, vous ne risquerez pas de vous égarer dans les couloirs.

« Le personnel vous escortera jusqu'à vos chambres, et vous serez vêtus de pied en cap aux frais de la couronne. Vous recevrez aussi un déguisement pour le gala de demain soir.

Il nous salue d'un geste de la main et poursuit son ascension. Dans la seconde qui suit, une bonne apparaît à nos côtés.

— Monsieur et madame Singer ? Je suis chargée de vous escorter, vous et votre fille, jusqu'à vos appartements.

— Mais je veux rester avec America ! proteste May.

Maman tente de la raisonner.

— Ma puce, je suis sûre que le roi nous a attribué une chambre tout aussi agréable que celle d'America. Tu ne veux pas la voir ?

May sollicite alors mon appui.

— Je veux vivre exactement comme toi tu vis. Juste pour quelques heures. Je ne peux pas rester avec toi ?

— Bien sûr que si. Avec deux personnes, mes femmes de chambre n'auront pas le temps de s'ennuyer.

May se jette dans mes bras et je ne regrette pas un instant ma décision. Comment pourrais-je lui refuser quoi que ce soit ?

— Et qu'as-tu appris d'autre ? me demande papa.

Nous remontons le couloir bras dessus, bras dessous. Je dois encore m'habituer à le voir en costume-cravate. Cela change radicalement de sa vieille blouse maculée de peinture. Ce costume le rajeunit et lui donne fière allure. Il paraît même avoir gagné quelques centimètres.

— Je crois que je t'ai dit tout ce qu'on nous a enseigné. Le président Wallis, par exemple, qui a été le dernier chef de ce qui s'appelait encore les États-Unis avant de devenir l'État américain de Chine. Je ne le connaissais pas du tout, et toi ?

— Ton grand-père m'en avait parlé. J'ai cru comprendre que c'était un homme honnête, mais il était pieds et poings liés quand la situation a tourné au désastre.

Je découvre la vérité sur les origines d'Illeá depuis mon arrivée au palais. Pour une raison que j'ignore, l'histoire de notre pays est transmise oralement. J'ai entendu plusieurs récits, et aucun n'était aussi complet que l'éducation que j'ai reçue au cours des dernières semaines.

Incapables d'honorer leurs dettes abyssales, les États-Unis ont été envahis par la Chine au début de la Troisième Guerre mondiale. Les oppresseurs chinois ont fondé un gouvernement sur le territoire américain et réduit ses habitants en esclavage. Les États-Unis ont fini par entrer en résistance – pas seulement contre la Chine, mais aussi contre la Russie, qui tentait de s'approprier la main-d'œuvre administrée par les Chinois – avec le soutien du Canada, du Mexique et d'autres pays, qui ont formé une confédération. La Quatrième Guerre mondiale a ravagé le pays, et l'économie ne s'en est jamais relevée.

— Maxon m'a raconté qu'avant la Quatrième Guerre mondiale les gens manquaient de tout.

— Tout à fait. C'est pour cette raison, entre autres, que le système de castes est d'une injustice totale. Les gens étaient trop pauvres pour s'assurer une bonne place dans la hiérarchie sociale. Personne n'avait grand-chose à offrir au gouvernement, ce qui explique pourquoi tant de pauvres ont été relégués aux castes inférieures.

— En plus des cours d'histoire, nous suivons des leçons d'étiquette. Et nous nous initions à la diplomatie. Cela nous sera sûrement très utile dans les prochains jours, ils insistent beaucoup dessus. Les filles qui resteront, en tout cas, mettront ce qu'elles auront appris en pratique.

— Les filles qui resteront ?

— Il paraît que l'une d'entre nous va rentrer chez elle avec sa famille. Maxon doit en flanquer une à la porte après vous avoir tous rencontrés.

— Je te sens triste. Tu crois qu'il va te renvoyer à la maison ?

Je hausse les épaules. Mon père n'est pas dupe.

— Allons. Tu dois bien savoir, à ce stade, s'il t'apprécie ou non. Si tu lui plais, tu n'as aucun souci à avoir. Et si tu ne lui plais pas, pourquoi rester ?

— Oui, tu as raison.

— Alors ? Tu lui plais ou non ?

— Je crois qu'il m'aime bien. C'est ce qu'il prétend, en tout cas. Mais il est un peu… distant depuis quelques jours.

— America, mon cœur, c'est le prince. Il ne doit pas avoir une minute à lui, avec toutes ces lois à rédiger ou que sais-je encore.

— Oui, peut-être.

— Puisqu'on parle de ça, as-tu appris comment soumettre des propositions de loi, des amendements ?

— Non, pas encore. En revanche, on en a lu des dizaines. Elles sont parfois incompréhensibles ; Silvia, la femme que tu as vue en bas, et qui joue le rôle de gouvernante, de nounou, essaie de nous expliquer ce qui se passe. Et Maxon m'est d'une grande aide quand je lui pose des questions.

— Vraiment ?

— Mais oui. Je crois qu'il veut montrer à chacune qu'il lui donne une vraie chance, tu comprends ? Du coup, il fait de gros efforts de pédagogie. Il a même… Écoute, il faut que tu me promettes de ne répéter à personne ce que je vais te raconter.

— La seule personne à laquelle je parle, c'est ta mère, et nous savons tous qu'elle ne sait pas garder les secrets, alors c'est promis. Motus. Tu peux me faire confiance, ma puce.

— Papa, Maxon m'a montré une pièce, une pièce secrète pleine de livres ! Des livres interdits et tout un tas de planisphères, des cartes qui montrent le monde tel qu'il était avant. Il y avait des centaines de pays à une époque, tu te rends compte ? Et tu as déjà vu un ordinateur ?

Papa fait non de la tête, éberlué.

— C'est phénoménal. Tu tapes ce que tu recherches et il explore tous les livres contenus dans la pièce pour le trouver.

— Comment ?

— Aucune idée, mais c'est comme ça que Maxon a découvert ce qu'était Halloween. Il m'a même autorisée à en emprunter un, juste pour voir.

— Voilà qui est intéressant ! Qu'est-ce que c'est que ce livre ? Tu peux me le dire ?

— L'un des journaux intimes de Gregory Illeá.

— America, c'est tout bonnement incroyable ! Et qu'est-ce qu'il y raconte ?

— Oh, je ne l'ai pas fini. Je n'ai lu que le passage sur Halloween…

Papa me dévisage un instant, puis il secoue la tête.

— Pourquoi t'angoisses-tu, America ? De toute évidence, Maxon t'accorde une grande confiance.

— Oui, je suppose.

— Incroyable. Donc il y a une pièce secrète ici quelque part ?

— Papa, cet endroit est dément. Il y a des portes et des panneaux coulissants partout. On ne sait jamais, si je déplace ce vase, peut-être qu'on va tomber à travers une trappe !

— Ça alors. Je vais être encore plus prudent en regagnant ma chambre.

— Et tu ne devrais pas tarder, d'ailleurs. Il faut que j'aille chercher May pour prendre le thé avec la reine.

— Ah, toi et tes quatre-heures avec la reine, plaisante papa. Très bien, ma douce. On se revoit ce soir au dîner. Alors… comment éviter les trappes dans ce palais ? s'interroge-t-il en tendant les bras à la façon d'un bouclier.

Au pied de l'escalier, il pose une main hésitante sur la balustrade et fait mine de l'examiner.

— Bon, ici il n'y a pas de danger.

— Merci papa. Tu as pris de gros risques.

Nous nous séparons enfin. Arrivée devant ma chambre, je découvre que ma porte est grande ouverte. La voix de May résonne dans le couloir.

— Et il était mignon ?

J'entends Lucy lui répondre :

— Très. Selon mes critères, en tout cas. Il avait les cheveux un peu bouclés, et toujours en pétards. À plusieurs reprises, j'ai eu la chance de passer la main dedans. J'y repense parfois. Mais je suis moins nostalgique qu'à une époque.

— Il te manque toujours ?

— De moins en moins. Quand je suis arrivée, j'ai cru que j'allais mourir de chagrin. J'échafaudais tout un tas de plans pour m'enfuir d'ici et le rejoindre, mais ils sont restés à l'état de projets. Je ne pouvais pas non plus abandonner mon père et, en admettant que je réussisse à franchir les murailles du palais, jamais je n'aurais pu retrouver mon chemin.

L'histoire de Lucy ne m'est pas totalement inconnue. Je sais que sa famille s'était mise au service d'une famille de Trois en échange de maigres gages, parce que sa mère devait subir une opération qui coûtait les yeux de la tête. La pauvre maman a fini par être emportée par la maladie, puis Lucy et son père ont été vendus au palais royal pour la seule raison que le fils des Trois était tombé amoureux d'elle.

Je passe la tête par l'embrasure de la porte et je découvre May et Lucy assises sur le lit. La porte-fenêtre est ouverte, une brise parfumée envahit la pièce. May, qui s'est glissée sans problèmes dans le moule du palais, s'applique à tresser les cheveux de Lucy. C'est la première fois que je vois ma jeune bonne les cheveux relevés. Elle retrouve enfin l'insouciance de sa jeunesse, et cela lui va bien au teint.

— C'est comment, d'être amoureuse ? lui demande ma petite sœur.

— La chose la plus merveilleuse et la plus terrible qui puisse vous arriver, soupire Lucy en réponse. Un bonheur qui menace à tout instant de vous filer entre les doigts, en quelque sorte.

Lucy a parfaitement résumé la situation. L'amour, c'est une peur qui vous donne des ailes.

La mort dans l'âme, je me résigne à les interrompre en entrant dans la chambre.

— Lucy ! Quelle métamorphose !

— Ça vous plaît ?

— C'est magnifique. May me tressait aussi les cheveux tout le temps. Elle a un talent fou.

— Il fallait bien que je m'occupe, lance May en haussant les épaules. Les poupées, c'était trop cher, alors je m'amusais à coiffer ma grande sœur.

— Eh bien, pendant votre séjour, vous serez notre petite poupée, déclare Lucy. Anne, Mary et moi, on va se mettre en quatre pour que vous soyez encore plus jolie que la reine.

— Personne ne peut être plus jolie que la reine, même pas maman, fait remarquer May avant de me supplier : Ne le répète pas à maman, ça va lui faire de la peine.

— Je ne le répéterai pas, promis. Mais il faut qu'on se prépare, et sans traîner. L'heure du thé approche.

Surexcitée, May s'installe à la coiffeuse. Lucy glisse ses nattes sous sa charlotte et prend un air professionnel. À son tour de montrer de quoi ses dix doigts sont capables.

— Avant que j'oublie, mademoiselle, vous avez reçu du courrier, lance-t-elle en me tendant une lettre.

— Merci.

Je déchire l'enveloppe et je parcours un billet dont j'identifie immédiatement l'écriture.

America,

On m'a avisé, un peu tard, que les familles des membres de l'Élite ont été invitées au palais royal et que père, mère et May se sont rendus à Angeles. Je sais que Kenna ne peut pas voyager (sa grossesse est trop avancée), Gerad est quant à lui trop jeune pour se présenter devant la famille régnante. Je m'étonne que cette invitation ne m'ait pas été adressée. À moi, ton frère.

Je soupçonne père de m'avoir exclu sciemment de vos retrouvailles. Je devine aussi que tu n'as pas eu ton mot à dire dans cette affaire. America, toi et moi, nous sommes promis à un brillant avenir. Nous pouvons nous entraider, nous serrer les coudes. Si d'autres privilèges sont un jour accordés à notre famille, ne m'oublie pas. Je peux t'être utile comme tu peux m'être utile aussi.

À tout hasard, aurais-tu parlé de moi au prince ? Simple curiosité.

J'attends ta réponse que j'espère rapide,

Kota.

Cruel dilemme : dois-je garder cette lettre ou la jeter à la poubelle ? J'avais espéré que Kota mette un jour son ambition en sourdine, qu'il se contente des succès que lui apportent ses sculptures. Malheureusement, il ne s'est pas guéri de son arrivisme maladif. Je range la lettre dans un tiroir, bien décidée à ne pas me laisser contaminer par sa jalousie.

Lucy appelle Anne et Mary, et les préparatifs deviennent prétexte à jeu. La bonne humeur de Mary nous gagne toutes, si bien que je pousse la chansonnette en enfilant mon costume. Maman nous rejoint un peu plus tard pour nous demander notre avis, franc et sincère, sur sa robe. Qui lui va à ravir. Elle est plus petite et plus plantureuse que la reine, c'est certain, mais elle paraît aussi majestueuse dans cette tenue.

Tandis que nous gagnons le rez-de-chaussée, May s'agrippe à mon bras, toute triste.

— Qu'est-ce qu'il y a ? Tu n'es pas contente de rencontrer la reine ?

— Si. C'est juste que…

— Que quoi ?

— Comment je pourrai remettre mes vieux pantalons après ça ?

À l'occassion du thé, tout le monde rivalise d'élégance. May retrouve Lacey, la sœur cadette de Natalie, qui a le même âge qu'elle ; les deux amies s'installent dans un coin et papotent ensemble. Lacey ressemble comme deux gouttes d'eau à son aînée : même blondeur, même sveltesse, même beauté classique. Des clones, en quelque sorte. Lacey me paraît tout de même moins fantasque que sa sœur. Moins naïve.

La reine passe d'un groupe à l'autre et discute avec les mamans, sans jamais se départir de sa gentillesse. À croire que notre petite existence sans intérêt la fascine. J'écoute religieusement la mère d'Elise parler du reste de sa famille, qui vit en Nouvelle-Asie, quand May s'accroche à ma robe.

— May ? Qu'est-ce que tu fabriques ? Tu ne peux pas te comporter comme ça, surtout en présence de la reine !

— Il faut que tu voies ça ! insiste-t-elle.

Encore heureux que Silvia n'assiste pas à cette scène. Elle serait bien capable de sermonner May, même si ma petite sœur agit par ignorance, pas par malice.

May me guide vers une fenêtre. Je jette un coup d'œil par-dessus mon épaule. Personne n'a l'air de nous prêter attention.

— Regarde ce qui se passe dehors !

Derrière les arbustes et les fontaines, je distingue deux silhouettes. Celle de papa, d'abord, qui gesticule tout en parlant. Celle de Maxon ensuite, qui l'écoute attentivement. Ils remontent l'allée à pas lents ; de temps à autre mon père fourre ses mains dans ses poches, Maxon joint les siennes dans son dos. Je ne sais pas de quoi ils s'entretiennent, mais ils ont l'air absorbés dans leur conversation.

Maxon s'arrête soudain, se campe devant mon père et s'exprime de façon posée. Sans agressivité ni colère. Il se tait et papa lui offre sa main, une main que Maxon accepte aussitôt. Ce geste semble détendre l'atmosphère, puis papa lui assène une grande claque dans le dos. Maxon se raidit un instant, papa glisse alors un bras autour de ses épaules, comme il le faisait à une époque avec Kota et moi, comme il le fait avec tous ses enfants. Maxon ne paraît pas s'en formaliser. Au contraire.

— Je me demande ce qu'ils se racontaient !

— Ça avait l'air important…

— Oui, très important.

8.

Maxon n'a pas failli à sa promesse : la fête est fastueuse. Lorsque j'entre dans la Salle d'Apparat en compagnie de May, je demeure bouche bée. Les murs, les pendeloques des lustres, les verres, les assiettes, tout est saupoudré de paillettes dorées. Splendide, c'est le mot.

Dans un coin de la salle, un orchestre se prépare à interpréter les mélodies associées aux danses traditionnelles que nous avons apprises. Des caméras et des appareils photo sont placés un peu partout. J'imagine que cette soirée va faire la une du Bulletin demain soir. C'est une fête exceptionnelle à plus d'un titre. L'imagination dont les autres filles ont fait preuve m'émerveille. Marlee, qui danse avec l'officier Woodwork, a pris l'aspect d'un ange ; elle a poussé le souci du détail jusqu'à se coller dans le dos des ailes découpées dans du film aux reflets irisés. Celeste porte une robe très courte ornée de plumes et une aigrette qu'elle a plantée dans ses cheveux. Je dois reconnaître qu'elle fait un très beau paon. Quant à Kriss et Natalie, j'ai l'impression qu'elles se sont mises d'accord sur une thématique commune. Le corsage de Natalie est paré de fleurs multicolores, sa jupe une masse froufroutante de tulle bleu. Kriss a choisi une robe cousue de feuilles aux reflets cuivrés. L'une représente le printemps, l'autre l'automne. Original, non ?

L'héritage asiatique d'Elise est souligné par sa tenue : sa robe en soie n'est qu'une variante de celles qu'elle porte au quotidien, en plus somptueux. Sa tiare sophistiquée ne l'empêche pas non plus de se déplacer avec une grâce presque surnaturelle. Elise n'est pas du genre à se faire remarquer mais, ce soir, elle vole la vedette à toutes les autres Sélectionnées.

Même les gardes se sont surpassés. Je repère un joueur de base-ball, un cow-boy, un homme en costume trois pièces qui imite Gavril Fadaye… Il y a même un audacieux qui s'est travesti en femme. Quelques admiratrices se sont agglutinées autour de lui, hilares. La plupart des gardes ont quand même préféré s'en tenir à leur habit de cérémonie – pantalon blanc, veste bleue et gants, rien d'excentrique. Pas de couvre-chef, toutefois, ce qui permet de les distinguer des nombreux gardes chargés ce soir de notre sécurité. J'espère que May apprécie autant le spectacle que moi.

Je me retourne pour voir ce qu'elle pense de tout cela et je découvre qu'elle m'a faussé compagnie, cédant à ses instincts d'exploratrice. Amusée, je cherche à repérer sa robe dans la foule. Quand elle m'a expliqué vouloir se déguiser en mariée – « comme celles qu'on voit à la télé » –, je ne l'ai pas prise au sérieux, mais elle est absolument adorable avec son voile.

Quelqu'un chuchote au creux de mon oreille.

— Bonsoir, mademoiselle America.

Je tressaille. Aspen est là, près de moi, vêtu de son uniforme.

— Aspen ! Tu m'as fait peur !

— J'aime beaucoup ton costume.

— Merci. J'aime beaucoup, moi aussi.

Anne m'a métamorphosée en papillon. Elle a fixé dans le dos de ma robe une pièce d'étoffe vaporeuse qui flotte tout autour de moi, comme des ailes. Un loup scintillant me masque la moitié du visage et crée une aura de mystère.

— Pourquoi tu ne t'es pas déguisé, Aspen ? Tu n'avais pas d'idées ?

— Je préfère l'uniforme… Je voulais juste dire bonjour, voir comment tu vas, ajoute-t-il.

— Bien.

— Ah. Très bien.

Il souhaitait sûrement une réponse moins laconique, mais il peut attendre longtemps. Il s'incline et va rejoindre un autre garde, qui l'embrasse comme un frère. Je me demande un instant si les gardes royaux ont l'impression de former une gigantesque famille. Entre Sélectionnées, je dois dire que nous avons tissé des liens particuliers.

Marlee et Elise me trouvent quelques instants plus tard et me traînent sur la piste de danse. Tandis que je me déhanche maladroitement en tâchant de limiter la casse, Aspen est en pleine discussion avec ma mère et avec May. Ma petite sœur sourit d'une oreille à l'autre. J'imagine qu'elles le complimentent sur sa belle allure, qu'elles lui disent que sa mère est très fière de lui. Aspen est manifestement ravi de les retrouver au palais – et il ne cache pas non plus sa fierté.

La musique s'interrompt et le maître de cérémonie prend le micro.

— Gentes dames et nobles messieurs, veuillez saluer le roi Clarkson, la reine Amberly et le prince Maxon Schreave !

Nous accueillons la famille royale par une révérence collective. Le roi n'est pas déguisé, ou alors il est déguisé en roi, tout simplement ; je ne saisis pas bien la nuance. Avec sa robe bleu nuit illuminée de joyaux scintillants, la reine me fait penser à un ciel étoilé. Maxon a pour sa part choisi de rendre hommage aux pirates, et c'est une touche d'humour que j'apprécie. Pantalon en lambeaux, chemise blousante, foulard chamarré, rien ne manque à la panoplie. En guise de touche finale, une courte barbe blonde ombre son menton – cela fait maintenant deux ou trois jours qu'il ne s'est pas rasé.

Le maître de cérémonie nous demande de libérer la piste de danse pour permettre au couple royal d'ouvrir le bal. Maxon se tient un peu à l'écart, entre Kriss et Natalie, et ils échangent des plaisanteries à voix basse. À un moment, il balaie la salle du regard. Je ne sais pas s'il me cherche, mais je ne veux surtout pas lui donner l'impression que je l'espionne. Je focalise donc mon attention sur les illustres danseurs.

Je repense au processus de la Sélection et me dis que ce système est plutôt efficace. Même si la méthode paraît archaïque, et arbitraire, elle fonctionne. Le roi Clarkson et la reine Amberly, par exemple, sont très bien assortis. L'énergie de l'un est tempérée par le flegme de l'autre.

Explorant la foule du regard, je découvre papa tout au fond de la salle ; maman est pendue à son bras. Quant à May, elle ne quitte plus Marlee d'une semelle. Leurs robes, blanches toutes les deux, chatoient sous la lumière des lustres. Cela ne me surprend pas qu'elles soient devenues si proches en moins d'une journée. Mais où est passé Aspen, bon sang ?

Je jette un regard derrière moi. Il est bien là, penché par-dessus mon épaule, mon ange gardien. Quand nos regards se croisent, il m'adresse un clin d'œil et mon inquiétude se dissipe.

Lorsque le roi et la reine se détachent l'un de l'autre, nous nous précipitons tous sur la piste. Il y a un mouvement de panique quand chaque garde part en quête de sa partenaire. Maxon a décidé de tenir compagnie à Kriss et à Natalie. Moi qui espérais qu'il m'invite à danser, j'en suis pour mes frais. Mais rien ne m'empêche de lui faciliter les choses...

Prenant mon courage à deux mains, je traverse la salle, bien décidée à m'incruster dans leur conversation. À l'instant où j'aborde le petit groupe, Maxon se tourne vers Natalie et lui pose la question que chacune attend.

— Natalie, m'accorderez-vous cette danse ?

Natalie lâche un rire cristallin, comme si c'était la chose la plus naturelle au monde. Je passe à côté d'eux sans m'arrêter, les yeux fixés sur un guéridon où est empilée une montagne de chocolats. J'en déguste un le dos à la salle, afin de masquer mon embarras. Au bout de cinq ou six valses, l'officier Woodwork apparaît à mes côtés. Comme Aspen, il a choisi de porter l'uniforme, tout en sobriété.

— Mademoiselle America, me ferez-vous le plaisir de danser avec moi ? demande-t-il d'une voix chaude et vibrante.

J'accepte la main qu'il me tend.

— Volontiers, cher monsieur. Mais je préfère vous avertir, vos pieds vont le regretter.

— Ne vous inquiétez pas. Nous irons tout doux.

La danse suit une cadence enlevée qui s'accorde à l'humeur de l'officier, un vrai moulin à paroles.

J'ai le plus grand mal à me concentrer sur mes pas. Tout doux mon œil, oui.

— J'ai l'impression que vous avez totalement récupéré depuis notre petite collision dans le couloir.

— Dommage que vous ne m'ayez pas blessée. Si j'avais la jambe dans le plâtre, je ne serais pas obligée de me ridiculiser.

— Ravi de découvrir que vous êtes aussi drôle que le prétend votre réputation. La rumeur dit également que vous êtes la favorite du prince.

— Cela, je l'ignore.

Par-dessus l'épaule de mon cavalier, je vois Aspen danser avec Celeste. Mon estomac se noue.

— On raconte aussi, mademoiselle, que vous vous entendez bien avec tout le monde. Et le bruit court que vous avez conduit vos femmes de chambre dans l'abri royal pendant une attaque des Renégats.

— Je me voyais mal les abandonner…

— Vous avez le cœur noble, mademoiselle.

— Merci, dis-je en rougissant.

Lorsque l'orchestre se tait, je vais m'asseoir à l'une des nombreuses tables postées à des endroits stratégiques de la salle ; j'ai besoin de reprendre mon souffle. Sirotant un punch à l'orange, je m'évente à l'aide d'une serviette et j'observe les autres danseurs. Maxon entraîne Elise sur la piste, il a l'air de s'amuser comme un petit fou. C'est la deuxième danse qu'il lui réserve. J'ai l'impression qu'il a fait une croix sur moi, ni plus ni moins.

Difficile de distinguer Aspen parmi tous ces uniformes. Je finis par l'apercevoir dans un recoin sombre, en grande conversation avec Celeste. Celeste qui minaude, qui fait sa belle – qui, en un mot comme en cent, lui fait du rentre-dedans.

Pour qui elle se prend, cette sorcière ? Au bout de quelques minutes, je quitte ma table et je me plante à côté d'Aspen, assez près pour qu'il puisse m'inviter sans éveiller les soupçons.

Ce qu'il fait, et tant mieux, car ma patience commence à s'émousser.

Furieuse, je chuchote :

— Qu'est-ce que tu fichais avec cette garce ?

— De quoi tu parles ?

— Celeste. Elle t'a sorti le grand jeu !

— Mais tu es jalouse, ma parole.

— Arrête ! Elle n'a pas le droit de te faire son numéro de charme, c'est interdit par le règlement !

— J'hallucine. Si nous ne sommes pas ensemble, je parle avec qui je veux, quand je veux. Tu n'as rien à me dire.

— Ça n'a rien à voir, tu le sais.

— Alors, on est ensemble oui ou non ? Je ne sais pas si je dois tourner la page. Si je n'ai plus rien à espérer de ta part, dis-le-moi.

Aspen fournit un effort surhumain pour garder son calme. Je suis à la torture, moi aussi. Envisager une rupture définitive, c'est comme un coup de poignard.

— Maxon m'évite depuis quelques jours. Il me dit toujours bonjour, mais il préfère passer du temps avec les autres. Je crois que c'est terminé pour moi.

— Je n'en avais pas la moindre idée. Je ne veux pas qu'il te fasse souffrir.

— Je me sens vraiment stupide.

Aspen m'attire vers lui, tout en maintenant une distance respectueuse.

— Tu peux me croire, America, le plus stupide, c'est celui qui décide de renoncer à toi.

— Comme toi tu as renoncé à moi.

— Tu vois, je parle d'expérience, réplique Aspen avec un sourire. Le plus stupide de tous, c'est moi.

Nouveau coup d'œil à la dérobée. Maxon danse avec Kriss. Une fois encore.

Aspen murmure à mon oreille :

— Tu sais ce que cette danse me rappelle ?

— Dis-moi.

— La fête que Fern Tally a donnée pour ses seize ans.

Je jette un regard incrédule à mon cavalier. Oui, je me souviens du seizième anniversaire de Fern, comme si c'était hier. Fern était une Six, sa mère venait parfois nous aider à la maison, quand la mère d'Aspen était trop débordée. Elle avait organisé une fête sept mois environ après le début de notre relation, à Aspen et moi, et nous avait invités tous les deux. Une fête de pauvres, qui n'avait rien à voir avec le luxe qui nous entoure. Un gâteau, des gobelets et de l'eau du robinet, le son grésillant de la radio, un sous-sol mal éclairé. Et pourtant, l'ambiance était électrique, car il n'y avait aucun adulte parmi les invités, que des jeunes de notre âge ; on était à mille lieues des repas de famille auxquels j'étais habituée.

— Comment peux-tu penser à la fête de Fern Tally à un moment pareil ?

— On a dansé ce jour-là. Tu t'en souviens ? J'étais si fier de te tenir dans mes bras, devant tout le monde. Même si tu avais l'air au bord de la crise cardiaque.

Oui, je m'en souviens comme si c'était hier. Ce moment est resté gravé dans ma mémoire. Et son évocation me remue toujours.

L'orchestre enchaîne avec un morceau traditionnel, un officier que je ne reconnais pas m'invite à danser. Il m'emporte dans un tourbillon et je laisse Aspen planté sur la piste.

Les heures s'égrènent, je me surprends à jeter des coups d'œil de plus en plus insistants à mon ancien petit ami. Je suis prête à parier que ce manège ne peut échapper à un observateur attentif – mon père, pour ne pas le nommer.

Assise sur une chaise, je reprends haleine quand Maxon s'approche de moi.

— M'accorderez-vous cette danse, mademoiselle ?

— Avec grand plaisir.

Il me prend par la main, imperturbable, alors que les musiciens attaquent une mélodie au tempo lent et une émotion indéfinissable me submerge. Maxon me serre contre lui, si fort que son parfum m'emplit les narines, si près que sa barbe de trois jours me pique la joue.

— J'avais peur que vous ne m'ayez définitivement oubliée.

— Je gardais le meilleur pour la fin. J'ai passé du temps avec toutes les autres, je me suis acquitté de mes obligations. Le reste de la soirée vous est réservé.

Mon cœur s'emballe, je me sens rougir.

— Vous êtes éblouissante, America. Beaucoup trop belle pour vous afficher au bras d'un pirate vêtu de guenilles.

— Vous auriez préféré un autre déguisement ?

— Je me verrais bien en arbuste. Ou en buisson, pour être assorti à votre papillon.

— Je donnerais cher pour vous voir déguisé en buisson.

— L'année prochaine.

Je l'interroge du regard. *L'année prochaine ?*

— Cela vous plairait ? Que nous organisions ensemble un autre Halloween en octobre prochain ?

— Qui me dit que je serai encore là l'année prochaine ?

— Allons, que vous arrive-t-il ?

— Vous m'avez soigneusement évitée toute la semaine. Et… je vous ai vu parler avec mon père. Je me suis dit que vous lui expliquiez quelles raisons vous poussaient à m'éjecter…

— America…

— Pas besoin de me faire un dessin ! L'une d'entre nous doit partir, je suis une Cinq, Marlee est la préférée du public…

— America, arrêtez. J'ai été d'une bêtise sans nom. J'étais loin de me douter que vous vous tortureriez à ce point. Vous ne devriez avoir aucune inquiétude sur les sentiments que vous m'inspirez. Je voulais juste donner aux autres concurrentes une chance de me prouver leur valeur. Dès le départ, je n'avais d'yeux que pour vous. J'ai encore du mal à croire que je n'ai pas rêvé.

Le regard de Maxon s'embue ; il cache un chagrin qu'il n'est pas prêt à partager.

— J'avais peur de me tromper, de vous voir changer d'avis, poursuit-il. C'est pour cela que je cherche une alternative satisfaisante, mais en vérité… il n'y a que vous. Peut-être que je cherche mal, peut-être que les autres filles ne répondent pas à mes critères. Peu importe. C'est vous que je veux. Et cela me terrorise. Je crains que vous ne réclamiez votre liberté.

— Maxon, vous n'avez rien à craindre. Vous risquez seulement de découvrir que je ne suis pas à la hauteur.

— Ma chère, vous êtes la perfection incarnée.

Nous nous rapprochons l'un de l'autre. Je me rends vaguement compte que nous nous trouvons dans une pièce bondée, que ma mère a dû s'évanouir en nous voyant danser ensemble, mais je m'en moque. Pour moi, nous sommes seuls au monde.

—Je veux que nous prenions notre temps, ajoute Maxon. Demain, après avoir annoncé l'identité de celle qui partira – mais je ne veux surtout pas vous brusquer – je souhaiterais que vous visitiez les appartements de la princesse. Ils communiquent avec les miens. Je veux que vous vous sentiez tout à fait chez vous. Vous devrez également engager d'autres femmes de chambre et décider si les membres de votre famille logeront au palais ou dans les environs. Je vous apporterai mon aide sans hésiter.

Mon cœur murmure : *Et que devient Aspen, dans cette histoire ?* mais je l'entends à peine, hypnotisée par les paroles de Maxon.

— Bientôt, quand la Sélection arrivera à son terme, quand je demanderai votre main, je veux que la réponse vous vienne spontanément. Je ferai tout ce qui est en mon pouvoir pour aplanir les difficultés. Vous n'avez qu'à me dire ce qui vous ferait plaisir, je me mettrai en quatre.

— Ce n'est pas équitable, Maxon. Que puis-je vous donner en échange ?

— Une seule chose : promettez-moi de rester à mes côtés. Parfois j'ai l'impression de vivre dans un songe. Promettez-moi de rester.

—Je vous le promets.

Je pose ma tête sur son épaule et nous dansons longuement, indifférents au temps qui passe. Je croise à un moment le regard de May, ma petite sœur, est sur le point de se liquéfier de bonheur. Mes parents nous observent aussi, je vois papa secouer la tête comme pour dire *Et toi qui pensais qu'il voulait se débarrasser de toi.*

— Maxon ?

— Oui, très chère ?

— De quoi parliez-vous avec mon père ?

— Je l'ai informé de mes intentions. Sachez qu'il les approuve sans réserve, seul votre bonheur compte pour lui. Cela semble être son unique condition. Je lui ai donné ma parole de vous rendre heureuse, par tous les moyens.

— Je suis déjà heureuse.

— Dans ce cas, lui et moi, nous sommes comblés.

D'un geste délicat, il m'encourage à rester près de lui. Je comprends alors que tout cela est bien réel, que je ne rêve pas. Je comprends aussi que je vais devoir tourner le dos aux amitiés que j'ai forgées au palais, si les circonstances l'exigent. Et je comprends que je vais devoir éteindre la flamme que j'entretenais pour Aspen. Cela prendra du temps, mais j'y arriverai.

Parce que j'appartiens à Maxon désormais. Je n'ai plus aucun doute à ce sujet.

La fête se prolonge tard dans la nuit, puis Maxon nous entraîne toutes les six sur la terrasse qui longe la façade du palais pour assister au feu d'artifice. Celeste manque trébucher sur les marches en marbre et se rattrape au bras de Natalie qui s'est coiffée du couvre-chef d'un garde royal.

Tandis que le ciel s'illumine de mille couleurs, Maxon lève sa coupe.

— Portons un toast !

Nous l'imitons et nous attendons son discours avec impatience. La coupe d'Elise est maculée de rouge à lèvres et même Marlee, qui boit pourtant avec modération, ne boude pas son plaisir.

— Levons notre verre à toutes les beautés qui m'entourent. Et à ma future femme ! lance Maxon.

Les filles l'acclament et vident leur verre d'une lampée. Maxon – mon presque fiancé – m'adresse un clin d'œil et je fonds de bonheur.

Un bonheur que j'espère indestructible.

9.

Je ne ferme quasiment pas l'œil de la nuit. Entre mon retour tardif et les événements de la journée, c'est tout bonnement impossible. Je me pelotonne contre May, réconfortée par la chaleur qui se dégage d'elle. Elle va me manquer après son départ mais ce qui me console, c'est qu'elle ne va pas tarder à venir s'installer au palais pour de bon.

Je me demande qui va quitter la Sélection aujourd'hui. Je mise sur Natalie, même si ce n'est pas très élégant de ma part. Marlee et Kriss sont très populaires – plus que moi –, Celeste et Elise sont issues de familles influentes, ce qui laisse la pauvre Natalie loin derrière. Cela me met mal à l'aise, car je n'ai rien contre elle. Je préférerais mille fois que Maxon nous débarrasse de Celeste. Il sait combien je la déteste.

Mon cœur palpite lorsque je repasse dans mon esprit ce qu'il m'a dit hier soir. J'ai du mal à y croire.

Moi, America Singer, une Cinq pauvre et obscure, comment ai-je pu tomber amoureuse de Maxon Schreave ? Moi qui me prépare depuis deux ans à me rabaisser d'une caste en épousant Aspen ? Aspen... comment vais-je lui annoncer que Maxon m'a choisie, que j'ai choisi Maxon ? Va-t-il me haïr ? Me retirer définitivement son amitié ? Ce serait une catastrophe.

Mes femmes de chambre entrent sans frapper, comme à leur habitude : elles s'efforcent toujours de me laisser dormir le plus longtemps possible et, aujourd'hui, j'ai bien besoin de faire la grasse matinée. Au lieu de préparer mes affaires, Mary secoue May par l'épaule. Ouvrant un œil, je découvre qu'Anne et Lucy sont chargées d'une housse. Une nouvelle robe ?

— Mademoiselle May, chuchote Mary, c'est l'heure.

May se redresse lentement, encore ensommeillée.

— Je ne peux pas dormir ?

— Non. Il se passe quelque chose d'important ce matin. Vous devez rejoindre vos parents de toute urgence.

Je me redresse à mon tour.

— Quelque chose d'important ? Quoi ?

Du regard, Mary consulte Anne, laquelle secoue la tête. Désorientée, je saute à bas du lit, montrant l'exemple à May, que je serre dans mes bras avant de la laisser partir.

— Vous pouvez m'expliquer, maintenant que nous sommes seules ?

Anne s'obstine à rester muette.

— Et si je vous ordonnais de me dire ce qui se passe ?

— Nos ordres viennent de beaucoup plus haut. Vous allez devoir patienter.

Postée sur le seuil de la salle d'eau, je les regarde s'affairer. Lucy prépare mon bain les mains tremblantes, Mary vérifie les produits de maquillage et les épingles à cheveux le front barré par le souci, mais Lucy tremble souvent sans raison valable et Mary affiche un air préoccupé chaque fois qu'elle se concentre. C'est la mine d'Anne qui m'inquiète le plus. D'ordinaire elle est très calme et gère sereinement les situations les plus chaotiques mais, ce matin, elle s'interrompt souvent et, les épaules voûtées, se masse les tempes comme pour chasser l'angoisse qui s'est imprimée sur ses traits.

Elle sort ma robe de la housse. Une robe toute simple et… noir corbeau. Une robe de deuil. J'éclate en sanglots, un peu par réflexe.

— Mademoiselle ? s'inquiète Mary.

— Quelqu'un est mort ? Qui ?

Anne, toujours solide comme un roc, essuie mes larmes.

— Personne n'est mort, lâche-t-elle d'une voix qui n'admet aucune réplique. Souvenez-vous-en quand tout sera fini. Personne n'est mort aujourd'hui.

Sans la moindre explication supplémentaire, elle m'envoie prendre mon bain. Lucy tente de garder son sang-froid, mais elle finit par fondre en larmes à son tour. Anne la charge d'aller me chercher mon petit déjeuner et Lucy quitte la chambre sans demander son reste. Elle revient chargée de croissants et de pommes coupées en quartiers. Il me suffit d'une seule bouchée pour comprendre que mon estomac refuse de coopérer.

Anne épingle à ma robe la broche qui affiche mon prénom ; le bijou argenté contraste joliment avec l'étoffe sombre. Je suis fin prête. Il ne me reste plus qu'à affronter ce que le sort me réserve.

J'ouvre ma porte et la terreur me pétrifie sur le seuil.

— J'ai peur, dis-je à la cantonade.

Anne s'approche de moi, pose ses mains sur mes épaules, m'encourage.

— Vous n'êtes plus n'importe qui à présent. Vous devez être courageuse.

Pas très rassurée, je m'engage dans le couloir. J'aimerais dire que je garde la tête haute mais, en toute honnêteté, l'angoisse me glace le sang.

Quelle n'est pas ma surprise de découvrir les autres filles réunies dans le vestibule, toutes vêtues d'une robe identique à la mienne. Et manifestant la même angoisse. Je ne traverserai donc pas cette épreuve seule.

— Voici la cinquième, lance un garde en me voyant. Suivez-nous, mesdemoiselles.

La cinquième ? Il y a erreur. Tout en descendant l'escalier, je fais le compte. Et pourtant si, nous sommes cinq. Marlee manque à l'appel. Maxon a-t-il écarté mon amie de la compétition ? Elle serait venue me dire au revoir, quand même. Et cela n'explique pas les robes noires et l'ambiance funèbre.

Au bas de l'escalier, une cohorte de soldats encadrent les familles des Sélectionnées. May a retrouvé papa et maman ; l'inquiétude se lit sur tous les visages. Ils n'ont pas l'air plus éclairés que moi. Je cherche Aspen parmi les uniformes, mais il est introuvable.

Les parents de Marlee rallient notre petit groupe escortés par deux gardes. Sa mère rentre la tête dans les épaules, comme écrasée par le chagrin ; son père semble avoir vieilli de dix ans en une seule nuit. Le mystère s'épaissit.

Une lumière aveuglante se déverse dans le vestibule. Pour la première fois depuis notre arrivée, la porte qui constitue l'accès principal au palais est grande ouverte et nous nous aventurons dehors. Nous traversons la petite allée circulaire et franchissons les murailles qui nous séparent du monde extérieur. Tandis que la grille grince sur ses gonds, une foule immense nous salue par un hourra assourdissant.

Une gigantesque estrade a été installée dans la rue. Des centaines, peut-être des milliers de personnes sont rassemblées ici. Des caméras ont été placées à divers endroits, des techniciens filment le peuple en délire. Nous sommes conduits vers des tribunes et notre passage est salué par des acclamations. Les filles se détendent peu à peu tandis que des inconnus nous interpellent et nous jettent des fleurs. Je salue de la main tous ceux qui m'appellent par mon nom. Si la foule est en liesse, c'est forcément bon signe. May semble ravie de cet accueil, et mon soulagement est immense. Tout ce stress pour rien… Deux structures étranges érigées sur l'estrade attirent soudain mon attention. La première me fait penser à une échelle en forme de pyramide ; l'autre évoque davantage une souche, un gros bloc de bois muni de sangles. Je prends place sur le siège qui m'est réservé au milieu du premier rang, de plus en plus curieuse.

La masse de gens explose de joie lorsque le couple royal fait son apparition, accompagné de Maxon. Tous trois sont vêtus de noir, de pied en cap, et arborent un visage grave. Je me tourne vers Maxon ; s'il me fait l'aumône d'un regard, d'un sourire, je sais que tout se passera bien. Mais Maxon reste de marbre.

Quelques secondes plus tard, les vivats enthousiastes du peuple se métamorphosent en sifflets ; je me tords le cou pour voir ce qui a provoqué sa colère…

… et ce que je vois me soulève le cœur.

L'officier Woodwork est traîné jusqu'à l'estrade, des chaînes aux pieds, le visage ensanglanté, l'uniforme taché de boue. À ses côtés, Marlee – dont le magnifique costume d'ange a été traîné dans la fange, lui aussi – est enfouie sous un pardessus trois fois trop grand pour elle. Aveuglée par la lumière, elle cligne des yeux avant de contempler la multitude. Nos regards se croisent une fraction de seconde, puis d'une bourrade les gardes la forcent à avancer et elle me perd de vue. Assis à ma gauche, les parents de Marlee s'agrippent l'un à l'autre, anéantis.

Je reporte mon attention sur Marlee et sur l'officier Woodwork. Ils avancent avec une dignité mêlée d'appréhension. Lorsque Marlee trébuche en se prenant les pieds dans sa robe, ce vernis se craquelle. La terreur se tapit derrière, en embuscade. Tandis qu'ils gagnent l'estrade, un homme masqué prend la parole. Le silence s'abat sur la foule. Manifestement, cet événement – dont j'ignore encore la nature – s'est déjà produit par le passé, et les gens ici présents savent comment réagir. Pour ma part je suis dans le flou le plus total, ce qui ne fait qu'exacerber ma nervosité.

— Marlee Tames, déclame d'une voix autoritaire l'homme masqué, l'une des Sélectionnées, fille d'Illeá, a été surprise la nuit dernière en conversation criminelle avec cet homme, Carter Woodwork, membre estimable de la garde royale.

Un concert de huées s'élève de la foule.

— Mlle Tames a rompu le serment de loyauté qui la lie au prince Maxon ! Et M. Woodwork a volé ce qui appartient de droit à la famille royale ! Ce crime représente une trahison infâme ! hurle l'orateur afin de gagner le peuple à sa cause.

Pourquoi le peuple pousse-t-il ces cris de rage ? En quoi la douce, la belle, la généreuse Marlee mérite-t-elle sa haine ?

Pendant ce discours, Carter a été attaché à la structure triangulaire par un autre homme, masqué lui aussi. Sa taille et ses jambes largement écartées sont maintenues par des sangles si serrées que j'ai mal pour lui. Marlee s'agenouille devant le bloc de bois, son bourreau lui arrache le pardessus des épaules et attache ses poignets aux sangles fixées de part et d'autre du billot, les paumes tournées vers le ciel.

— Trahir la famille royale, c'est un crime passible de la peine de mort ! Mais, dans sa mansuétude, le prince Maxon va accorder sa grâce à ces deux traîtres ! Longue vie au prince Maxon !

La foule entonne aussitôt les louanges de Maxon. Si j'avais toute ma tête j'aurais joint ma voix à celle des autres, ou j'aurais applaudi, au minimum. C'est ce que font les filles qui m'entourent, et même nos familles. Tout ce qui m'intéresse, c'est le sort de Marlee et de Carter.

Si les Sélectionnées ont été installées au premier rang, ce n'est pas un hasard : nous allons recevoir une leçon qui laissera une trace indélébile. Depuis ma place, aucun détail ne m'échappe.

Marlee fixe Carter, qui doit lui retourner difficilement son regard, vu sa position. Sa peur est indéniable mais ce qui me frappe, c'est son expression : on croirait qu'elle tente de le rassurer, de lui signifier qu'elle ne regrette rien.

— Je t'aime, Marlee, lance Carter. On va s'en sortir. Tout va bien se passer, je te le jure.

La gorge serrée par la peur, Marlee lui répond d'un signe de tête. À cet instant, je suis éblouie par sa beauté. Ses cheveux dorés sont en bataille, son costume d'ange est en lambeaux, elle est pieds nus et pourtant, elle rayonne.

— Marlee Tames et Carter Woodwork, à partir de cet instant vous êtes tous les deux déclassés. Vous êtes désormais des sans-grade. Des Huit ! Et pour reproduire la honte et la douleur que vous avez infligées à Sa Majesté, vous recevrez en public quinze coups de fouet. Que vos cicatrices vous rappellent éternellement les méfaits que vous avez commis !

Des coups de fouet ? J'ai bien entendu ?

La réponse arrive quelques instants plus tard. Les deux hommes masqués, qui ont attaché Marlee au billot et Carter au cadre en bois, se munissent de deux baguettes. Ils en fouettent l'air à deux ou trois reprises, histoire de les assouplir, et j'entends un sifflement. La foule applaudit ce petit prélude avec la même ferveur qu'elle a témoignée un peu plus tôt pour les Sélectionnées.

Le dos de Carter sera bientôt zébré de marques douloureuses, et les petites mains de Marlee…

— Je crois que je vais vomir, murmure Natalie tandis qu'Elise lâche un gémissement.

Je quitte mon siège d'un bond et j'atterris en travers des genoux de papa.

— Maxon ! Maxon, arrêtez ça !

— Vous devez rester assise, mademoiselle, m'ordonne le garde assis à côté de moi.

Il me tire sur le bras, je résiste, mais il est beaucoup plus fort que moi.

— Non ! Maxon, je vous en supplie !

— C'est trop dangereux, mademoiselle !

— Lâchez-moi !

— America, assieds-toi ! insiste maman.

— Un ! s'exclame le premier bourreau, et je vois la baguette s'abattre sur les paumes de Marlee.

Je sais que le second bourreau fouette Carter simultanément.

Mon amie laisse échapper un petit cri plaintif qui me fend le cœur ; on dirait un chiot qui vient de recevoir un coup de pied. Carter se tait.

— Maxon ! Maxon ! Arrêtez ça ! Je vous en conjure !

Il m'a entendue, j'en suis certaine. Je le vois fermer les yeux, faisant abstraction de ce qui l'entoure, et avaler péniblement sa salive.

— Deux !

Marlee pousse un hurlement de souffrance pure. Il reste encore treize coups.

— America, retourne à ta place ! gronde maman.

May détourne la tête et se met à pleurnicher.

— Trois !

Je jette un coup d'œil aux parents de Marlee. Sa mère sanglote, la tête enfouie entre ses mains, et son père la serre contre lui, comme s'il voulait la préserver de ce tableau sinistre.

Je continue à me débattre, les yeux voilés de larmes.

— Mais lâchez-moi, je vous dis ! MAXON !

Pourquoi personne ne réagit ? Certaines filles ont l'air de pleurer. Elise est repliée sur elle-même, à deux doigts de perdre connaissance. Je ne ressens pas de colère, pourtant, ni de sentiment de révolte. Ce qui me stupéfie.

— Cinq !

Les hurlements de Marlee vont me hanter jusqu'à ma mort. Et je ne parle pas de l'euphorie des spectateurs, qui encouragent les bourreaux par des bravos aussi enthousiastes qu'écœurants. Du silence de Maxon, inébranlable. Ou des larmes des filles qui se résignent à ce spectacle ignoble.

La seule personne qui ranime mon espoir, c'est Carter. Alors même qu'il sue à grosses gouttes et tremble de douleur, il parvient à adresser des paroles rassurantes à Marlee.

— C'est… bientôt fini.

— Six !

— Je… t'aime.

C'en est trop. Je plante mes ongles dans le bras du garde mais ses longues manches le protègent.

Lorsqu'il me broie le poignet, je pousse un cri perçant.

— Ne touchez pas à ma fille ! braille papa en lui tordant le bras.

Profitant de cette diversion, je me dégage de l'étreinte du garde et je lui assène un coup de pied dont il se souviendra longtemps. Il lâche une plainte étouffée et bascule vers l'arrière, mais papa le retient avant qu'il ne se fracasse le crâne contre un siège.

Je saute maladroitement par-dessus la barrière et je me précipite, aussi vite que le permettent mes chaussures à talons, vers l'estrade. Deux gardes me rattrapent et me maîtrisent en un clin d'œil.

— Marlee ! Marlee !

Du bas des marches, je vois que Carter est torse nu, que des lambeaux de chair sanguinolente se détachent de son dos, que du sang a taché son pantalon. Si le dos de Carter est dans un état pareil, que sont devenues les mains de Marlee ?

Prise d'hystérie, je fais tomber une pluie de coups sur les gardes, perdant un escarpin dans la foulée. Les deux hommes m'entraînent dans l'enceinte du palais tandis que les bourreaux poursuivent leur sinistre ouvrage. Je suis partagée entre soulagement et honte. Soulagement d'échapper à la fin du supplice ; honte d'avoir abandonné Marlee au beau milieu de l'une des pires épreuves qu'elle ait eu à traverser.

— Marlee ! Marlee, pardonne-moi !

Malheureusement, entre le public qui manifeste à grands cris son enthousiasme et ses propres hurlements de douleur, il y a peu de chances qu'elle m'entende.

10.

Je me débats comme une forcenée. Les gardes doivent redoubler d'efforts pour me maîtriser et je sais que je vais être couverte de bleus, mais je m'en moque. Que va-t-il arriver à Marlee ?

— Où est sa chambre ? grogne l'un.

Je me tortille sur moi-même, mon regard tombe sur une petite bonne qui remonte le couloir. Je ne la reconnais pas mais elle semble savoir qui je suis et guide les gardes jusqu'à ma porte. Mes femmes de chambre poussent des cris d'orfraie en me voyant traitée aussi rudement.

— Un peu de tenue, mademoiselle ; ce n'est pas une façon de se comporter, grommelle un garde tout en me poussant sur mon lit.

— Sortez d'ici !

Mes femmes de chambre, en pleurs, se précipitent vers moi. Mary veut épousseter ma robe mais je la repousse d'une claque bien appliquée. Elles savaient. Elles savaient, et elles ne m'ont rien dit.

— Vous aussi ! Du balai ! Tout de suite !

— Nous sommes désolées, mademoiselle, murmure Anne tout en faisant signe à ses camarades de battre en retraite.

— Allez-vous-en.

Lorsque la porte se referme j'ôte le second escarpin, celui qui a résisté à mes acrobaties, et je me réfugie sous ma couette. C'était donc cela, le secret que Marlee avait si peur de me confier. Elle ne voulait pas rester au palais parce qu'elle n'était pas amoureuse de Maxon, elle ne voulait pas partir de peur de se retrouver séparée de Carter. Je comprends mieux certains détails, certains événements. Carter était là ; il était là tout ce temps. C'est Marlee que Carter attendait quand je lui suis rentrée dedans l'autre jour. Il était toujours là, témoin muet, présence silencieuse qui réussissait à voler un baiser à sa bien-aimée de loin en loin, en attendant qu'ils puissent vivre leur amour au grand jour. Elle a dû l'aimer jusqu'à la folie, pour prendre autant de risques.

Je frémis de dégoût. J'aurais pu connaître le même sort. Imaginons un instant qu'Aspen et moi ayons fait preuve de négligence, qu'une oreille indiscrète ait intercepté notre conversation pendant la soirée d'Halloween, je ne donnerais pas cher de notre peau à l'heure qu'il est.

Reverrai-je Marlee un jour ? Dans quelle province sera-t-elle exilée ? Ses parents garderont-ils contact avec elle ? J'ignore à quelle caste appartenait Carter avant que la conscription ne fasse de lui un Deux, mais mon hypothèse, c'est qu'il était un Sept. Sept, c'est bas, très bas, mais mieux que Huit, et de loin.

Marlee retrouvera-t-elle l'usage de ses mains ? Et Carter ? Sera-t-il capable de marcher après un supplice pareil ?

Cela aurait pu être Aspen.

Cela aurait pu être moi.

La culpabilité me suffoque, littéralement. Je suis une personne sans cœur, une amie indigne. Et il ne me reste plus que mes yeux pour pleurer.

Je passe la matinée, et une grande partie de l'après-midi, prostrée sur mon lit. Mes femmes de chambre m'apportent mon déjeuner, mais je n'ai pas faim. Elles ont la bonne idée de se faire discrètes et me laissent à mon chagrin.

Je n'arrive pas à me ressaisir. Plus je retourne dans ma tête ce qui s'est passé, plus je m'enlise dans la tristesse. Impossible d'effacer les hurlements de Marlee de ma mémoire. Les oublierai-je un jour, d'ailleurs ?

J'entends frapper discrètement à la porte, mais je n'ai pas envie de quitter mon lit pour aller ouvrir. Au bout d'un moment, le visiteur entre dans ma chambre.

— America ?

Maxon referme la porte et vient se planter près du lit.

— Je suis navré, America. Je n'avais pas le choix. C'était soit cela, soit l'exécution. Les caméras les ont pris en flagrant délit hier soir et les images ont circulé à notre insu.

Il demeure silencieux un instant, pensant peut-être que ma langue va finir par se dénouer. Il va devoir s'armer de patience.

— America ? Regardez-moi, je vous prie. Il le fallait. J'étais obligé.

Je me retourne brusquement.

— Comment avez-vous pu rester indifférent au supplice de Marlee ? Détaché à ce point ?

— Je vous l'ai déjà dit, ma fonction exige de moi un calme permanent, même en plein tourbillon. J'ai appris à me dominer. Vous finirez par y arriver, vous aussi.

La contrariété s'imprime sur mon front. Il croit encore que je rêve de remporter la Sélection dans ces conditions ?

— America, vous êtes émue, j'en ai bien conscience, mais ne baissez pas les bras. Je vous l'ai dit, vous êtes celle qu'il me faut.

— Désolée, Maxon, mais je suis incapable de regarder quelqu'un souffrir, encore plus d'ordonner ce genre de châtiment. Je ne peux pas être princesse.

— America, ne jouez pas votre avenir sur l'erreur commise par une autre. Vous venez d'assister à un événement rarissime. Cela ne se reproduira pas.

— C'est juste que… j'ai l'esprit beaucoup trop embrouillé pour réfléchir.

— Alors n'y pensez plus. Ne prenez pas de décision sous le coup de l'émotion. Vous finiriez par le regretter. Vous m'avez promis de rester à mes côtés, conclut Maxon d'une voix où perce le désespoir. Ne partez pas, pas comme ça. Je vous en supplie.

Avec un soupir, je le rassure de la tête. Son soulagement est flagrant.

— Merci.

Il se tient agenouillé près du lit, ma main dans la sienne. Dommage pour lui, je ne suis pas d'humeur romantique.

— Vous hésitez, je le sens. Je sais que vous n'avez aucune envie d'intégrer les rangs de la famille royale. Et ce que vous avez vécu ne rend pas les choses plus faciles. Mais… qu'en est-il de moi ? De vos sentiments ?

— Je vous ai dit que j'avais l'esprit trop embrouillé.

— Bien sûr. Je vais vous laisser seule. Nous en reparlerons bien assez tôt. Au revoir, America.

Et Maxon s'éclipse.

Je m'effondre à nouveau de chagrin.

Quelques minutes plus tard – ou quelques heures, j'ai perdu toute notion du temps –, mes femmes de chambre me découvrent en train de pleurer toutes les larmes de mon corps.

— Mademoiselle, s'exclame Mary. Nous allons vous préparer pour la nuit.

Lucy et Mary déboutonnent ma robe, Anne me débarbouille le visage et me peigne les cheveux. Elles me consolent comme elles le peuvent, par solidarité féminine. J'aimerais leur confier que mon cœur saigne aussi pour Maxon, mais cela me gêne de m'étendre sur des choses aussi intimes. Lorsque Anne m'apprend que toutes les familles ont déjà quitté le palais, c'est la goutte d'eau qui fait déborder le vase. Je n'ai même pas pu dire au revoir à mes parents et à ma petite sœur.

Entre deux reniflements, je chuchote :

— Excusez-moi pour hier. J'ai franchi la ligne jaune avec vous.

— Vous n'avez pas à vous excuser, proteste Anne.

C'est à cet instant qu'on frappe à la porte. Lucy va ouvrir et, contre toute attente, Aspen se présente devant nous. Je pensais que Maxon revenait prendre de mes nouvelles.

— Pardonnez-moi de vous déranger, mesdemoiselles, mais j'ai entendu quelqu'un pleurer et je voulais m'assurer que tout allait bien.

Il s'aventure par-delà la porte et s'approche de moi d'un pas résolu.

— Mademoiselle America, je suis consterné par ce qui est arrivé à votre amie. J'ai cru comprendre que c'était une jeune femme qui sortait de l'ordinaire. Si vous avez besoin de quoi que ce soit, n'hésitez pas à m'appeler.

Quelle idiote je fais. J'ai failli tirer un trait sur la seule personne qui me connaît vraiment, qui m'aime de tout son cœur. Aspen et moi, nous avons bâti une vie ensemble, et il s'en est fallu de peu que la Sélection ne détruise tout cela.

— Merci. Votre gentillesse me touche beaucoup.

Il m'adresse un sourire imperceptible. Il a envie de rester, je le sens, et j'ai envie qu'il reste aussi, mais la présence de mes femmes de chambre empêche toute familiarité entre nous. Aspen me prouve à nouveau que je peux toujours compter sur lui.

11.

Coucou ma puce,
Quelle tristesse d'être partis comme des voleurs, sans te dire au revoir. Le roi a jugé plus raisonnable de nous renvoyer chez nous sans attendre. J'ai essayé de prendre contact avec toi, en vain, comme tu as pu le constater.
Le retour s'est déroulé sans encombre. Nous avons gardé, avec l'autorisation du roi, les vêtements confectionnés spécialement pour nous. Figure-toi que May n'a pas quitté sa robe une seule seconde. J'ai l'impression qu'elle espère en secret ne jamais grandir d'un centimètre et se marier un jour dans sa robe de bal. Cela lui permet de conserver le moral au beau fixe. Tu sais qu'elle n'est pas du genre à se laisser abattre. C'est plutôt toi qui m'inquiètes. Écris-moi vite.
Peut-être ai-je tort de te parler de cela, mais je veux que tu saches qu'au moment où tu t'es précipitée vers l'estrade, tu m'as rendu très fier. Tu ne te

contentes pas d'être belle et talentueuse, tu sais aussi distinguer le bien du mal, tu n'as pas peur de t'élever contre l'injustice. Je suis le père le plus heureux du monde.

Je t'aime, America. Et je suis fier. Très fier.

Ton père

Papa trouve toujours les mots pour me réconforter. J'aimerais qu'ils s'affichent en lettres de feu dans le ciel, pour les voir même dans la nuit la plus noire. *Je t'aime. Et je suis fier. Très fier.*

Ce matin, les Sélectionnées ont le droit de prendre le petit déjeuner dans leur chambre et je saute sur cette occasion. Je n'ai pas envie de croiser Maxon, pas tout de suite. L'après-midi, un peu remise de mes émotions, je m'aventure jusqu'au Boudoir. Il y a une télévision, et j'ai besoin de me changer les idées.

Les filles ne cachent pas leur surprise lorsqu'elles me voient entrer. Affalée sur un canapé, Celeste feuillette un magazine. Elle semble toujours en avoir un sous la main et, pour une raison qui m'échappe, cela m'agace au plus haut point.

Kriss et Elise boivent du thé à la même table tandis que Natalie, isolée au fond de la pièce, a le regard perdu dans le vague.

— Regardez, annonce Celeste à la cantonade. Un de mes shootings.

Celeste est mannequin, son visage apparaît dans une multitude de publicités. Le fait qu'elle s'extasie sur sa propre image ne fait que jeter de l'huile sur le feu.

— Mademoiselle America ? lance une voix.

Je découvre la reine dans un coin du Boudoir, penchée au-dessus de son ouvrage et entourée de ses suivantes. J'exécute une révérence, elle me fait signe de la rejoindre. L'estomac noué, les nerfs tendus, je repense à ce qui s'est passé la veille. Je n'ai jamais eu l'intention de l'offenser et je crains soudain d'avoir déçu ses attentes. Je traverse la pièce, point de mire de tous les regards. La reine s'adresse toujours à nous de façon collective, elle n'a jamais pris l'une de nous à part.

— Majesté.

— Asseyez-vous, je vous prie, déclare-t-elle d'une voix douce, désignant un siège vide. Vous avez donné du fil à retordre à nos gardes hier.

— Oui, Votre Majesté.

— Vous étiez très proche d'elle ?

— Très.

— Ce n'est pas un comportement digne d'une jeune fille de bonne famille. Les caméras et les appareils photo étaient braqués sur l'échafaud et n'ont pas enregistré vos enfantillages. Quoi qu'il en soit, pareille attitude ne vous sied guère.

Ce n'est pas l'ordre d'une reine mais plutôt la réprimande d'une mère – encore plus éprouvant, donc. Pour la première fois, j'ai honte de m'être donnée en spectacle hier.

— Cela étant dit, de vous à moi, ajoute-t-elle avec un sourire bienveillant, je suis contente de vous avoir vue réagir.

— C'était ma meilleure amie…

— La vie ne s'arrête pas parce qu'elle est partie, ma petite, chuchote-t-elle en me tapotant la cuisse.

C'est exactement ce dont j'ai besoin : de l'affection. Des larmes perlent au coin de mes yeux et, désarmée, je murmure :

— Je ne sais plus quoi faire.

— Je m'étais promis de rester en dehors de cela. Il n'y a pas grand-chose à en dire, j'en ai bien peur. Ne soyez pas trop dure avec lui malgré tout.

Elle fait allusion à Maxon. Je n'ai pas envie de parler de lui et, hochant la tête, je me mets debout. Elle m'adresse l'un de ces sourires dont elle a le secret et me congédie d'un geste gracieux. Je rejoins Elise et Kriss à leur table.

— Ça va ? me demande Elise.

— Ça va. C'est pour Marlee que je m'inquiète.

— Elle est avec Carter, c'est déjà énorme. Ils s'en sortiront tant qu'ils resteront ensemble, commente Kriss.

— D'où sais-tu que l'officier Woodwork et Marlee sont ensemble ?

— Maxon me l'a dit, répond-elle, le plus naturellement du monde.

— Vraiment ?

— Je suis surprise qu'il ne t'en ait pas informée. Toi et Marlee, vous étiez si proches. En plus, tu es celle qu'il préfère, non ?

Celeste se met à ricaner.

— Plus maintenant, c'est certain, marmonne-t-elle sans lever les yeux de son magazine.

Je décide de détourner la conversation.

— Je n'arrive toujours pas à croire que Maxon ait pu leur faire subir ça. Le voir rester si calme, ça m'a bouleversée.

— Mais elle a commis un crime, proteste Natalie.

Elise me donne aussitôt son avis :

— Il aurait pu les faire exécuter. La loi est de son côté. Il a eu pitié d'eux.

— Pitié ? Se faire écorcher en public, tu appelles ça de la pitié ?

— Oui, tout bien considéré. Je parie que si on avait laissé à Marlee le choix entre le fouet et la mort, elle aurait choisi le fouet.

— Elise a raison, intervient Kriss. C'était horrible, mais je préférerais mille fois être fouettée qu'exécutée !

Ma colère remonte à la surface.

— Ne raconte pas n'importe quoi. Tu es une Trois. Tout le monde sait que ton père est un professeur renommé et tu as vécu toute ta vie dans les bibliothèques, au chaud et au sec. Jamais tu ne survivrais à un supplice pareil. Tu les supplierais de t'achever.

— Tu te prends pour qui ? s'énerve Kriss. Ce n'est pas parce que tu es une Cinq que tu as le monopole de la souffrance !

— Non, mais ma vie a été moins rose que la tienne et je serais bien incapable de supporter ce que Marlee a enduré. Tu ne t'en sortirais pas mieux que moi.

— Je suis plus courageuse que tu ne le penses, America. Tu n'as aucune idée des sacrifices que j'ai dû faire ces dernières années. Et si j'avais commis une erreur, je saurais faire face aux conséquences.

— De quelles conséquences parles-tu ? Maxon nous répète sur tous les tons que la Sélection est une épreuve pour lui, qu'il n'arrivera jamais à faire son choix. Et le jour où l'une de nous lui facilite la tâche en tombant amoureuse d'un autre, il ne lui vient pas à l'esprit de la remercier ?

— Mais la loi…, tente Kriss.

— America n'a pas tort, rétorque Elise, ce qui fait basculer la conversation dans le chaos.

Nous parlons toutes en même temps, pour défendre notre opinion, nous justifier. C'est la première fois que nous avons un échange aussi houleux. Avec autant de personnalités différentes engagées dans la compétition, il était inévitable que nous nous disputions un jour.

D'une voix détachée, Celeste grommelle, sans lever le nez de son magazine :

— Elle a eu ce qu'elle méritait, la salope.

Le silence qui accueille cette sentence est aussi explosif que notre échange.

Celeste tourne la tête à la seconde où je me jette sur elle, les yeux fermés, et pousse un cri strident. Dans mon élan je heurte un guéridon et j'entends un objet, sûrement une tasse, se briser par terre.

Lorsque j'ouvre les yeux, je me trouve à califourchon sur Celeste, qui essaie de m'attraper par les poignets. Je lui assène une gifle retentissante. Ma paume se met à brûler mais le plaisir de la vengeance compense largement la douleur. Celeste lâche un hurlement et veut me labourer le visage de ses ongles. Elle n'arrive qu'à m'entailler le bras, ce qui décuple ma colère, et je la frappe à nouveau. Ce coup-ci, je lui fends la lèvre en deux. À tâtons, elle cherche une arme – la soucoupe de sa tasse de thé – et elle me la fracasse sur la tête. C'est lorsque je tente de la gifler une fois encore que des gens nous séparent. Aveuglée par la rage, je n'ai pas vu que des soldats ont été appelés à la rescousse. Je m'en prends à l'un d'eux ; j'en ai assez d'être malmenée.

— Vous avez vu ce qu'elle m'a fait ? rugit Celeste.

— La ferme ! Ne parle plus jamais sur ce ton de Marlee !

— Elle est cinglée ! Vous avez entendu ? Vous avez vu ce qu'elle a fait ?

— Lâchez-moi !

— Tu es folle à lier ! Je vais tout raconter à Maxon, et sans attendre. Tu peux dire au revoir à ta vie dorée au palais !

— Personne ne va voir Maxon pour l'instant, objecte la reine sur un ton qui n'admet aucune réplique. Allez toutes les deux à l'infirmerie.

Elle vrille son regard dans celui de Celeste, puis dans le mien. Sa déception me saute au visage.

L'infirmerie se résume à une longue pièce rectangulaire où règne une blancheur immaculée. Les lits qui attendent les malades et les blessés, alignés contre le mur, sont masqués par des rideaux qui assurent une intimité toute relative. Des armoires à pharmacie ont été installées ici et là.

On nous a attribué, à Celeste et à moi, des lits placés aussi loin que possible l'un de l'autre. Celeste a tiré son rideau à peine arrivée, pour ne pas m'avoir dans son champ de vision. Et je la comprends : moi non plus, je l'avoue, je n'aimerais pas avoir tout le temps sous les yeux le petit sourire arrogant que j'affiche. Même quand l'infirmière vient s'occuper de moi, je n'arrive pas à transformer ce sourire en grimace.

— Tenez mademoiselle, posez cette poche de glace ici, ça va faire dégonfler la bosse.

— Merci.

L'infirmière vérifie alors que nous sommes bien seules.

— Vous avez eu raison, chuchote-t-elle. La plupart d'entre nous attendaient avec impatience que quelqu'un remette Celeste à sa place.

— Vraiment ?

— J'ai entendu des tas d'histoires infâmes à son sujet.

— Des histoires infâmes ?

— Oui, elle avait provoqué cette fille qui l'a frappée.

— Anna ? Qui vous a dit ça ?

— Le prince est un homme bon. Il a voulu qu'un médecin examine Anna avant de la laisser repartir chez elle. Elle nous a avoué que Celeste avait insulté ses parents. Ce qu'elle a dit était tellement ignoble que je ne peux pas le répéter, ajoute l'infirmière sans dissimuler son dégoût.

— Pauvre Anna. Je me doutais bien qu'elle a payé pour une autre.

— Un matin, l'une des Sélectionnées est venue nous voir les pieds en sang ; quelqu'un avait mis des tessons de verre dans ses souliers au cours de la nuit. Impossible d'accuser Celeste sans preuve, mais elle seule est capable d'un acte aussi odieux.

— Je n'étais pas au courant…

— La jeune fille en question était terrorisée, elle a préféré se taire. Par ailleurs, Celeste maltraite ses femmes de chambre. Elles viennent souvent demander des compresses et de la glace.

— Elle les maltraite ? !

— Inutile de préciser que votre prise de bec a déjà fait le tour du palais, conclut ma nouvelle amie avec un clin d'œil. Vous êtes une héroïne pour certains d'entre nous.

— Une petite seconde. Vous dites que Maxon a exigé qu'Anna soit examinée avant son départ ?

— Oui, mademoiselle. Votre santé et votre bien-être le préoccupent beaucoup.

— Et Marlee ? Elle est venue ici ? Dans quel état l'avez-vous trouvée ?

L'infirmière s'apprête à me répondre quand j'entends Celeste s'exclamer, d'une voix affectée :

— Maxon, très cher !

Maxon apparaît sur le seuil de la pièce et nous échangeons un regard furtif avant qu'il ne se dirige vers le lit de Celeste. L'infirmière s'éclipse, laissant mes questions sans réponse.

La voix plaintive de Celeste est insupportable. Maxon lui exprime sa sympathie et tâche de la réconforter, la pauvre petite victime. Il vient ensuite me voir, la mine exaspérée.

— Vous avez de la chance que mon père ait banni les caméras du palais, autrement cela aurait pris une tournure pénible. Comment puis-je justifier ceci, America ?

— Vous allez m'exclure ?

— Bien sûr que non.

— Et cette garce ?

— Non plus. Je vais mettre votre attitude sur le compte du choc, même si mon père ne se laissera pas duper aussi facilement.

— Peut-être que vous devriez me désigner comme seule responsable. Et me renvoyer chez moi, tout simplement.

— America, vous ne pensez pas ce que vous dites.

— Regardez-moi, Maxon. Je sais depuis le départ que je n'ai pas la trempe d'une princesse mais j'ai essayé – de toutes mes forces – de me fondre dans le moule. Ça n'a pas marché. Je ne peux pas rester ici.

— America, vous vous remettez mal de ce qui est arrivé à Marlee, mais vos sentiments vous empêcheront de renoncer à moi.

— Mes sentiments sont assez forts pour me permettre de dire que vous vous trompez.

— La vie au palais n'est pas toujours aussi difficile. Et je veux vous montrer les bons côtés, mais laissez-moi le temps pour cela. Soyez patiente… Des semaines durant, America, vous m'avez demandé de vous accorder du temps, et j'ai accédé à votre requête parce que j'avais foi en vous. Ayez foi en moi, je vous en conjure.

— Très bien.

— Merci. Je dois vous fausser compagnie, mais je reviendrai vous voir au plus vite.

Sur ces mots, Maxon quitte l'infirmerie. Toujours aussi galant, il prend la peine de saluer Celeste une dernière fois. Je le suis du regard, indécise. Mérite-t-il vraiment ma confiance ?

12.

Celeste et moi sommes autorisées à regagner nos chambres respectives au bout d'une heure. Les infirmières prennent soin de ne pas nous faire sortir en même temps, histoire d'éviter une nouvelle empoignade, et c'est une saine précaution.

À l'instant où je tourne au coin du mur en haut de l'escalier, je vois un garde venir à ma rencontre. Aspen. Même s'il s'est étoffé durant son stage de formation, je n'ai aucun mal à reconnaître sa démarche, sa silhouette, et mille autres détails qui restent gravés dans mon cœur.

Il se fige au beau milieu du couloir et m'offre une révérence superflue.

— Le bocal, chuchote-t-il avant de se redresser et de poursuivre sa route.

Je reste plantée là une bonne dizaine de secondes, désorientée, avant de comprendre le sens de son message et de remonter le couloir au pas de course.

J'ouvre la porte de ma chambre. Ô surprise, mes bonnes ne sont pas là. Je me dirige vers la table de chevet et découvre qu'à l'intérieur de mon bocal, le penny solitaire s'est trouvé un compagnon. Je dévisse le couvercle et j'en extirpe un petit morceau de papier plié en deux. Aspen est rusé. Il y a peu de risques que mes femmes de chambre remarquent un changement aussi infime – et, de toute façon, jamais il ne leur viendrait à l'esprit de s'immiscer dans ma vie privée.

Le billet déplié, j'y déchiffre une liste d'instructions très précises. Il semblerait qu'Aspen m'a fixé rendez-vous ce soir.

Les consignes qu'a notées Aspen sont un peu trop emberlificotées. Je fais mille et un détours avant d'atteindre le rez-de-chaussée, où je suis censée localiser une porte près d'un vase haut d'un mètre cinquante. Je me souviens très bien de ce vase. Où trouve-t-on des fleurs assez grandes pour tenir dans un vase pareil ?

Je finis par repérer le lieu du rendez-vous et je vérifie par deux fois que je n'ai pas été suivie. Personne à l'horizon. J'ouvre lentement la porte et, par l'entrebâillement, je me faufile dans une pièce obscure où le clair de lune a du mal à dissiper les ténèbres.

Partagée entre rire et nervosité, je chuchote :

— Aspen ?

Une voix résonne dans l'obscurité.

— Comme au bon vieux temps, hein ?

— Où es-tu ?

La lourde draperie qui habille la fenêtre s'agite et la silhouette d'Aspen émerge de l'ombre.

— Tu m'as fait peur.

— Ce ne sera pas la première fois, ni la dernière.

Je m'approche de lui en heurtant tous les obstacles qui se dressent sur mon chemin.

— Attention ! Tu vas réveiller tout le palais avec un boucan pareil.

— Excuse-moi. On peut allumer une lampe ?

Enfin, je trouve les bras d'Aspen. Il m'attire vers lui et me serre de toutes ses forces avant de me guider vers le fond de la pièce.

— Non. Si quelqu'un voit de la lumière filtrer sous la porte, on est fichus. Ce couloir n'est pas souvent inspecté, mais deux précautions valent mieux qu'une.

— Comment connais-tu l'existence de cette pièce ?

— Je suis un garde. Un garde d'une efficacité redoutable. Je connais le palais comme ma poche. Les sentiers du jardin, les passages dérobés, les salons particuliers, tout cela n'a aucun secret pour moi. Et comme je connais aussi les horaires et le tracé des rondes, les zones les moins surveillées, les heures de relâche, si ça te tente de visiter le palais en douce, c'est à moi qu'il faut t'adresser.

— Incroyable.

Nous nous asseyons par terre, derrière un large canapé dont le dossier fait écran entre nous et la porte. Le clair de lune forme une flaque sur le parquet. Je distingue enfin les traits d'Aspen.

— Tu es sûr qu'on ne risque rien ?

— Fais-moi confiance, America. Il faudrait un hasard extraordinaire pour qu'on nous surprenne ici. Il n'y a aucun risque.

Cela ne tempère en rien mon inquiétude mais j'ai tellement besoin de réconfort que je crois Aspen sur parole. Je me pelotonne contre lui.

— Tu t'en sors ?

— Pas trop mal. Il y a beaucoup de tristesse en moi, de la colère. J'aimerais tellement remonter dans le temps et retrouver ma chère petite Marlee. Et Carter aussi, même si je ne le connaissais pas.

— Moi si. C'est quelqu'un de bien. On m'a raconté que du début à la fin du supplice il a répété à Marlee qu'il l'aimait, il l'a aidée à ne pas lâcher prise.

— C'est vrai. Au début, en tout cas. On m'a expulsée avant la fin.

— Oui, on m'a raconté ça aussi. Je suis fier que tu leur aies montré de quel bois tu te chauffes. Très fier.

— Mon père aussi est fier de moi. La reine a critiqué mon attitude, mais elle a fini par me féliciter. Je suis un peu perdue. D'un côté on me dit que c'était une bonne idée, de l'autre non, et de toute façon ça n'a servi à rien...

— Détrompe-toi. Ça compte énormément pour moi !

— Pour toi ?

— De temps à autre, j'ai peur que la Sélection ne t'ait changée. Tout le monde est aux petits soins pour toi, tu vis dans le luxe. Ce que tu as fait avant-hier m'a prouvé que tu es restée toi-même, America, que rien ne t'a corrompue.

— La Sélection m'a changée, oui, mais pas dans ce sens-là. Cet endroit me rappelle surtout que je ne suis pas faite pour ce genre de vie.

— Écoute America, le problème avec Maxon, c'est qu'il joue un rôle. Il se fait passer pour le gendre idéal. Mais il est comme tout le monde, il a ses défauts, ses faiblesses. Je sais qu'il te trouble, mais l'habit ne fait pas le moine, ne l'oublie pas.

J'acquiesce sans un mot. Maxon et son souci des convenances, son besoin de faire bonne figure, de donner le change ! Joue-t-il la comédie du matin au soir ? Tient-il aussi un rôle quand il est avec moi ? Comment être sûre de sa sincérité ?

— Il vaut mieux que tu comprennes le plus tôt possible que tu dois te méfier de Maxon, poursuit Aspen. Ce n'est pas après ton mariage que tu pourras revenir en arrière.

— J'y ai réfléchi, moi aussi.

— Tu as un cœur d'or, America. Tu es incapable de te montrer indifférente au sort des autres, mais tu as aussi le droit d'être égoïste. Un peu, en tout cas.

— Je me sens si bête.

— Tu n'es pas bête.

— Mais si.

— Tu me trouves bête, moi ?

— Non.

— C'est parce que je suis intelligent. Trop intelligent pour être amoureux d'une gourde. Alors la bêtise, ce n'est pas un argument.

Je lâche un petit rire avant d'avouer :

— Tu as beaucoup souffert par ma faute. Je ne comprends pas comment tu peux encore être amoureux de moi.

— Le ciel est bleu, le soleil brille et Aspen aime America. Ainsi va le monde. Plaisanterie à part, il n'y a que toi dans mon cœur. Je n'arrive pas à m'imaginer avec une autre fille. Pourtant, j'essaie de me préparer à ton départ, au cas où… sans succès.

Nous demeurons assis un instant, silencieux, serrés l'un contre l'autre. Au bout de quelques minutes, Aspen déclare :

— Je suis à peu près certain que nous ne risquons pas d'être surpris, mais autant ne pas jouer avec le feu…

Je pousse un soupir affligé. C'est déjà l'heure de nous quitter. Aspen m'aide à me remettre debout.

— Je sais que c'est difficile à croire, reprend-il, mais cela me désole que Maxon ait révélé sa vraie nature. Je voulais que tu reviennes vers moi, pas que tu souffres. Surtout pas comme ça, en voyant souffrir ta meilleure amie. Et je suis sincère.

— Je sais. Mais ce n'est pas fini. Je suis toujours là, après tout.

— Oui, mais je te connais, Ame. Tu vas t'accrocher pour que ta famille obtienne des compensations financières et pour rester à mes côtés. Et tu vas prendre sur toi.

Ce que présente Aspen ne manque pas de sagesse. L'emprise que Maxon exerce sur moi s'affaiblit, elle glisse de mes épaules comme une peau morte, ou une chrysalide.

— Ne te fais pas de souci, Ame. Je vais prendre soin de toi, conclut-il.

Le lendemain matin, mes pensées dérivent inexorablement vers Aspen tout au long de mes préparatifs, du petit déjeuner et des longues heures d'oisiveté dans le Boudoir. Je suis dans ma bulle quand un bruit me fait sursauter et me ramène de force au monde réel.

Je sors de ma rêverie pour découvrir Celeste face à moi, la lèvre toujours enflée. Elle a posé sur la table l'un de ses magazines à ragots et désigne un article s'étirant sur une double page. À peine y ai-je jeté un coup d'œil que je reconnais Marlee, le visage tordu par la douleur.

— Je me suis dit que ça pourrait t'intéresser, crache Celeste avant de me tourner le dos.

Je ne sais pas trop ce qu'elle sous-entend, mais je me plonge dans la lecture de l'article.

« Parmi les grandes traditions qui jalonnent la vie de notre beau royaume, nulle n'attise plus les passions que la Sélection. Conçue dans le but exclusif d'apporter du bonheur à une nation endeuillée, elle continue à faire rêver tous les sujets qui souhaitent être témoins d'une grande histoire d'amour entre un prince et sa future princesse. Un peu d'histoire : lorsque le fils de Gregory Illeá, Spencer, s'éteint peu après l'accession au trône de son illustre père il y a plus de huit décennies, le peuple tout entier pleure la perte d'un jeune homme aussi prometteur. Quand Damon, le cadet de la lignée des Illeá, est présenté comme héritier légitime, d'aucuns doutent que ce garçon de dix-huit ans puisse être conscient des lourds enjeux de sa position. Mais Damon se sent à l'époque prêt à franchir le cap de l'âge adulte et le prouve grâce à l'engagement le plus crucial : le mariage. En l'espace de quelques mois, la Sélection est instituée et le peuple reprend courage à la perspective de voir une jeune fille issue de ses rangs devenir la première princesse d'Illeá. Fin de la parenthèse historique.

À la lumière de certains événements, nous sommes tentés de mettre en doute le bien-fondé de cette compétition. Sans rejeter le romantisme du concept, certains affirment qu'il est profondément injuste qu'un prince soit forcé d'épouser une roturière – même s'ils sont contredits par la beauté et la grâce de notre reine bien-aimée, Amberly Station Schreave. Sont restées dans la mémoire collective les rumeurs concernant Abby Tamblin Illeá, soupçonnée d'avoir empoisonné son mari, le prince Justin Illeá, quelques années seulement après leur mariage, et contrainte d'épouser le cousin du défunt, Porter Schreave, afin de garder intacte la lignée royale.
Même si cette rumeur n'a jamais été confirmée, les informations qui nous parviennent depuis peu du palais rapportent un comportement proprement scandaleux chez les Sélectionnées. Marlee Tames, qui a été déchue au rang de Huit, a été surprise à moitié nue en compagnie d'un garde dans la nuit de lundi à mardi, après le bal d'Halloween, l'un des temps forts de cette Sélection. La magnificence de cette fête a été assombrie par les turpitudes de Mlle Tames.
Au-delà de cette attitude inqualifiable, certaines des jeunes personnes qui sont restées au palais ne seraient pas dignes de porter la couronne. Une source anonyme fait état de querelles constantes et d'une démobilisation généralisée, ressemblant fort à de la paresse. Personne n'a oublié le renvoi, en

septembre, d'Anna Farmer, laquelle avait agressé de manière préméditée la charmante Celeste Newsome, un mannequin originaire de Clermont. Et notre source confirme que des actes de violence se sont déjà produits entre les murs du palais, ce qui nous amène à mettre en question les choix du prince Maxon.

Interrogé sur ces incidents, le roi Clarkson a eu l'obligeance de nous répondre : "Certaines de ces jeunes filles proviennent d'un milieu moins distingué, dirons-nous, et les préceptes moraux en vigueur au palais leur sont encore étrangers. Mlle Tames n'était manifestement pas taillée pour vivre la vie d'une Unique. Mon épouse a ce je-ne-sais-quoi d'indéfinissable qui fait d'elle l'exception à la règle. Il ne se passe pas un jour sans qu'elle ne s'efforce de s'élever à un niveau digne d'une reine et il serait utopique de vouloir trouver une personne qui lui arrive à la cheville. Mais ces écarts à la règle et au savoir-vivre venant de certaines des Sélectionnées issues des castes les plus modestes ne me surprennent pas, je l'avoue."

Natalie Luca et Elise Whisks sont toutes les deux des Quatre, ce qui ne les a pas empêchées, à chacune de leurs apparitions publiques, de faire preuve d'une correction absolue – en particulier mademoiselle Elise, dont l'élégance nous a tous conquis. Notre cher souverain ferait donc allusion à America Singer, la seule Cinq encore en lice. Mlle Singer n'est pas au niveau. Elle a un physique harmonieux, certes, mais

Illeá est en droit d'attendre mieux de sa nouvelle princesse. Elle nous amuse beaucoup lors de ses interviews dans le *Bulletin du Capitole*, mais ce qu'il nous faut, c'est une femme à poigne, pas une comédienne.

Plus grave, nous avons appris que mademoiselle Singer a tenté de libérer mademoiselle Tames au cours de son châtiment, ce qui à nos yeux la rend complice des activités criminelles de la coupable.

Ces remarques étant faites (et Mlle Tames mise hors jeu), une question subsiste : qui doit devenir la prochaine princesse d'Illeá ? Une rapide enquête auprès de nos lecteurs a confirmé nos intuitions.

Nous félicitions Mlles Celeste Newsome et Kriss Ambers, qui caracolent au sommet de notre sondage. Elise Whisks occupe la troisième place, suivie de près par Natalie Luca. Avec un écart conséquent entre la quatrième et la cinquième place, America Singer confirme son statut de perdante, ce qui ne surprend personne à la rédaction.

Nous pensons pouvoir parler au nom d'Illeá en encourageant le prince Maxon à ne pas prendre de décision hâtive. Nous avons évité de justesse un désastre lorsque Mlle Tames a révélé sa véritable nature. Quelle que soit l'élue de votre cœur, prince Maxon, assurez-vous qu'elle le mérite. Nous voulons l'aimer, nous aussi ! »

13.

Je file me réfugier dans ma chambre. Bien sûr, Celeste cherche à me casser le moral. Pourquoi m'obstiner, alors ? Le roi veut que j'échoue, l'opinion publique me rejette et, en un mot comme en cent, je n'ai pas envie de devenir princesse.

Je gagne le premier étage aussi discrètement que possible. La « source anonyme » du magazine pourrait rôder dans les couloirs.

Anne s'étonne de me voir rentrer de si bonne heure.

— Mademoiselle, vous deviez rester au Boudoir jusqu'à l'heure du déjeuner.

— Pourriez-vous me laisser seule ?

— Pardon ?

— J'ai besoin d'être seule. Vous pourriez me laisser ?

Mes femmes de chambre me saluent d'une courbette silencieuse et s'enfuient. Je m'installe au piano, j'exécute deux ou trois mélodies que je connais par cœur mais l'exercice me paraît trop facile.

Je me lève, je fais basculer le couvercle du tabouret et j'en explore le contenu, en quête d'une partition un peu plus ambitieuse. Le coin d'un livre apparaît parmi les feuillets. Le journal de Gregory Illeá ! Je l'avais complètement oublié. Voilà qui va me changer radicalement les idées. Je m'installe sur mon lit, le carnet entre les mains, et je l'ouvre au hasard. Aussitôt, je tombe sur le compte rendu d'Halloween, car la photographie fait office de marque-page.

Les enfants ont fêté Halloween cette année.

J'étudie à nouveau le cliché, ma curiosité titillée par l'adolescente. Quel âge a-t-elle ? Est-ce qu'elle va au collège, au lycée ? Est-ce qu'elle est fière de son père ? Sa popularité a-t-elle grimpé en flèche grâce à l'influence paternelle ?

Tournant la page, je découvre la suite du texte manuscrit.

Après l'invasion de la Chine, j'étais pourtant certain que nous reviendrions de nos erreurs. Mais nous manquons de ressources, de volonté. Comment s'étonner que la Chine ait pu s'emparer de nos terres et de nos infrastructures sans rencontrer la moindre résistance ? Nous avons perdu cette force d'âme qui a porté nos ancêtres par-delà les océans, qui les a aidés à surmonter des hivers cataclysmiques, à survivre à la guerre civile. C'est l'apathie et la mollesse qui

nous tiennent lieu de caractère. Dans ces conditions, la Chine n'avait qu'à se baisser et à se servir.
Depuis quelques mois, j'ai envie de donner plus que de l'argent à l'effort de guerre. J'ai envie de prendre les rênes. Peut-être l'heure est-elle venue de soumettre mes idées aux autres. Ce qu'il nous faut, c'est un changement. Et j'en viens à me demander si je ne suis pas l'homme qui peut incarner ce changement.

Ce texte me donne la chair de poule. Gregory Illeá semble porté par un souffle puissant. Il essaie d'apporter sa petite pierre à l'édifice. Je serais curieuse de savoir quelle opinion il aurait de la monarchie actuelle, et de ses descendants.

Quand Aspen s'introduit dans ma chambre ce soir-là, cela me démange de lui confier ce que j'ai lu dans le journal. Le problème, c'est que j'ai promis à Maxon de n'en parler à personne – et j'ai déjà transgressé cette règle en révélant son existence à papa.

— Comment tu vas aujourd'hui ? chuchote-t-il en s'agenouillant près du lit – il a laissé la porte grande ouverte.

— Plutôt bien. Celeste m'a montré un drôle d'article. Mais je n'ai pas vraiment envie d'en parler. Elle me tape sur les nerfs.

—Je suppose qu'avec le départ de Marlee, Maxon n'expulsera personne avant un bon moment ?

Je hausse les épaules. Je sais que le public attendait une élimination avec avidité, et ce qui est arrivé à Marlee est un vrai coup de tonnerre.

— Hé, lance Aspen, tout va bien se passer.

— Je sais. Marlee me manque, c'est tout. Et c'est le fouillis dans ma tête. Je n'arrive pas à mettre de l'ordre dans mes idées. Ce que je fais ici, qui je suis. Je croyais savoir… je ne parviens même pas à exprimer ça correctement.

— Tu sais qui tu es, Ame. Ne te laisse pas influencer par ces gens.

— Aspen, je peux te poser une question ? C'est un peu bizarre, mais si être princesse n'impliquait pas que j'épouse Maxon, si c'était un travail comme un autre, tu penses que j'en serais capable ?

Aspen écarquille un instant ses yeux verts.

— Excuse-moi, Ame, mais non. Tu n'es pas aussi manipulatrice qu'eux. C'est hors de ta portée.

— Pas aussi manipulatrice ? Comment ça ?

— Je suis témoin de certaines choses, America. On m'en raconte d'autres. Le chaos règne dans le Sud, là où se concentrent les plus miséreux. Les gardes qui travaillent depuis longtemps au palais m'ont expliqué que les Sudistes n'ont jamais accepté les méthodes de Gregory Illeá et la crise couve depuis longtemps dans ces régions-là. C'est pour cela que le roi a épousé la reine, pour les amadouer. Comme la reine Amberly était originaire du Sud, cela a apaisé leur colère, mais la trêve n'a duré qu'un temps.

— Tout ça ne m'explique pas pourquoi tu parles de manipulation.

Aspen hésite un instant.

— L'autre jour, juste avant le gala d'Halloween, je montais la garde dans le cabinet de l'un des conseillers. Ils parlaient des Sudistes qui soutiennent la cause des Renégats et ils m'ont demandé de confier tout un tas de lettres au service de distribution du courrier. Il y en avait plus de trois cents, America. Trois cents familles dégradées d'une caste parce que l'un de leurs membres a transmis des informations ou apporté son aide à une personne que le palais considère comme un terroriste.

Je suis estomaquée par cette nouvelle.

— Révoltant, pas vrai ? Imagine-toi dans la même situation. Du jour au lendemain tu dois arrêter de jouer du piano et devenir employée de bureau, même si tu n'as aucune compétence dans ce domaine. C'est un message sans ambiguïté.

— Est-ce que tu... est-ce que Maxon est au courant ?

— Je pense qu'il ne peut pas l'ignorer. Il ne va pas tarder à exercer lui-même le pouvoir.

Au plus profond de moi, je refuse de croire que Maxon approuve ce genre de politique. On attend de lui qu'il se mette au diapason. Qu'il rentre dans le rang.

— N'en parle à personne, Ame, d'accord ? Cela pourrait me coûter mon poste.

— Bien sûr. C'est déjà oublié.

— Je donnerais n'importe quoi pour être avec toi, loin d'ici. Pour retrouver tous nos vieux problèmes.

— Comme je te comprends. C'est tellement mieux de se faufiler par ma fenêtre que d'explorer un palais sur la pointe des pieds.

— Et faire les fonds de ses poches pour trouver un penny à t'offrir, c'est mieux que d'avoir les mains vides. J'ai découvert que tu avais gardé tous mes pennies la veille de ton départ seulement.

Il pose la main sur le bocal en verre, bocal qui contenait à une époque des centaines de pièces sans grande valeur. Aspen tenait à me verser un cachet symbolique quand je chantais pour lui dans notre cabane.

Nos regards se croisent un instant et j'ai l'impression d'être projetée dans le passé, de retrouver cette intimité qu'Aspen et moi avons bâtie deux années durant dans la clandestinité.

— Bien sûr que je les ai gardés ! Quand tu n'étais pas près de moi, c'est à eux que je me raccrochais. Parfois je les versais sur ma main, comme une cascade, et je les remettais en place juste après. Tu en as fait quoi quand je te les ai rendus ?

— Ils sont à la maison, ils attendent.

— Ils attendent quoi ?

— Ça, je ne peux pas te le dire.

— Très bien, petit cachottier. Et ne te tracasse pas si tu ne m'offres pas de cadeaux. Tu es là, auprès de moi, et cela me suffit.

Pour Aspen, en revanche, cela ne suffit pas. Il arrache l'un des boutons dorés cousus à la manche de son uniforme.

— Je n'ai rien d'autre à te donner, mais tu peux t'accrocher à ce bouton et penser à moi à chaque instant. Et il te rappellera que je pense à toi, moi aussi.

Je dois retenir mes larmes. C'est un jeu d'enfant pour Maxon de me combler de cadeaux parce qu'il a le monde à ses pieds, et des moyens illimités. Et voici qu'Aspen, qui prend des risques inconsidérés pour m'accorder ces quelques moments, réduit les efforts de Maxon à néant avec une babiole. Il a toujours fait preuve d'une générosité démesurée. Il sacrifiait ses nuits – et son sommeil – pour moi, il s'aventurait dehors après l'heure du couvre-feu, il épargnait sou à sou ; son cœur est mille fois plus grand que celui de Maxon, il me l'a assez prouvé.

— Je ne sais pas comment je vais me dépêtrer de cet imbroglio. Je suis complètement perdue. Je… je ne t'ai pas oublié, tu comprends ? Mes sentiments sont toujours aussi forts.

— Les miens aussi, Ame.

14.

Le lendemain matin, au petit déjeuner, je jette des coups d'œil furtifs à Maxon. Je donnerais cher pour savoir s'il est au courant des atrocités qui se déroulent dans le Sud sur ordre du roi. Il oriente son regard une seule fois dans ma direction, je ne l'intéresse pas plus que ça.

Dès que j'ai un coup de blues, j'effleure le bouton d'Aspen, que j'ai noué à un ruban qui me sert de bracelet. Il m'aidera à surmonter toutes les épreuves.

À la fin du petit déjeuner, le roi s'adresse à notre groupe :

— Comme vous n'êtes plus qu'une poignée, j'ai jugé pertinent que nous prenions le thé ensemble demain, avant l'enregistrement du Bulletin. L'une d'entre vous va devenir notre belle-fille et la reine et moi souhaiterions faire davantage votre connaissance, vous interroger par exemple sur vos centres d'intérêt.

Un stress aigu me prend en tenaille. Me rapprocher de la reine Amberly, c'est une chose, mais le roi ne m'inspire aucune sympathie. Je garde le nez dans mon verre de jus d'orange.

— Rendez-vous une heure avant le début de l'enregistrement dans le salon au rez-de-chaussée. Si vous ignorez où il se trouve, ne vous alarmez pas. Les portes seront ouvertes, il y aura de la musique. Vous ne pourrez pas nous rater, conclut-il avec un petit rire, et les filles gloussent en réponse.

Nous mettons ensuite le cap sur le Boudoir, à l'atmosphère de plus en plus oppressante ; je m'y sens souvent à l'étroit. D'ordinaire, je papote avec les autres, je lis un livre, mais aujourd'hui j'ai la ferme intention de prendre racine devant la télévision et de décompresser.

Plus facile à dire qu'à faire. Les filles sont d'humeur bavarde.

— Je me demande ce que le roi veut savoir à notre sujet, s'interroge Kriss.

— Il va falloir mettre en pratique les leçons de savoir-vivre de Silvia, commente Elise.

— Mes femmes de chambre ont intérêt à me préparer une robe qui en jette. Je n'ai pas envie de revivre le cauchemar que ces andouilles m'ont fait subir à Halloween, se lamente Celeste.

— Ça serait une bonne idée que le roi se laisse pousser la barbe, énonce Natalie d'une voix mélancolique. Je suis sûre que ça lui irait bien.

— Oui, je l'imagine bien barbu, acquiesce Kriss.

Je secoue la tête, incrédule, avant de focaliser mon attention sur une émission grotesque. La conversation se poursuit sans moi mais je ne parviens pas à décrocher complètement. Quand arrive l'heure du déjeuner, je suis une vraie pelote de nerfs. Le roi me méprise cordialement. Dans ce contexte, je ne vois pas ce qu'il aurait à me confier. Et vice versa.

Le roi Clarkson avait dit vrai. Les accents suaves d'une mélodie jouée au piano me parviennent bien avant que je trouve le salon où il nous a donné rendez-vous. Le pianiste est doué. Plus que moi, c'est certain.

Je délibère avec moi-même et je décide de tourner ma langue sept fois dans ma bouche avant de parler, de montrer que tout le monde se trompe sur mon compte. Même si je sors perdante de la Sélection, je veux rentrer chez moi la tête haute.

À peine franchi le seuil du salon, j'aperçois Maxon en grande conversation avec Gavril Fadaye au fond de la pièce. Gavril a un verre de vin à la main. Pas de thé pour lui, apparemment. Maxon me toise un instant de la tête aux pieds, ébloui.

Rouge comme une tomate, j'avance de quelques pas et je remarque, du coin de l'œil, que Maxon me suit du regard. Difficile de garder la tête froide.

Le roi Clarkson discute avec Natalie, la reine Amberly tient compagnie à Celeste un peu plus loin. Elise déguste son thé tandis que Kriss fait les cent pas. Lorsqu'elle passe devant Maxon et Gavril, elle adresse un sourire chaleureux à l'animateur et prononce quelques mots qui font rire les deux hommes. Elle s'éloigne ensuite, non sans avoir lancé une œillade langoureuse à Maxon par-dessus son épaule, et vient me voir.

— Tu es en retard, America.

— J'étais un peu nerveuse.

— Oh, il n'y a pas de quoi s'affoler. Moi j'ai passé un bon moment.

— Tu as déjà fini ?

— Oui. Viens t'asseoir avec moi. On peut prendre le thé pendant que tu attends.

Kriss me traîne vers une table sur laquelle une servante dispose aussitôt théière fumante, tasses, pot à lait et sucrier.

— Quelles questions il t'a posées ?

— En fait, c'était une conversation à bâtons rompus. Ils n'essaient pas de nous soutirer des informations, je crois plutôt qu'ils veulent jauger notre caractère. J'ai même fait rire le roi ! Ça s'est très bien passé. Comme tu as beaucoup d'humour, tu vas t'en sortir haut la main.

Si j'en crois Kriss, tout doit se dérouler comme dans un rêve. Peut-être que le roi est homme à faire la part des choses. Lorsqu'il s'agit d'affronter les menaces qui pèsent sur le royaume, il sait être ferme, implacable. Là, il prend le thé avec quelques jeunes filles qui veulent le charmer à tout prix. Il n'a pas besoin de sortir l'artillerie lourde, même s'il ne me porte pas dans son cœur.

La reine, qui vient de prendre congé de Celeste, discute à voix basse avec une Natalie qui n'arrive pas à camoufler son admiration. Sa naïveté est rafraîchissante.

Tandis que je sirote mon thé, le roi Clarkson s'approche de Celeste, qui lui décoche un sourire enjôleur. Elle n'a donc aucune limite ?

Kriss passe la main sur ma jupe.

— Ce tissu est magnifique. Avec tes cheveux, on dirait un coucher de soleil.

— Merci. Mes femmes de chambre ont un talent fou.

— Tu es une veinarde. J'adore mes femmes de chambre mais, dès que j'épouse Maxon, je fais main basse sur les tiennes !

Et elle éclate de rire. Je fais mine d'apprécier sa plaisanterie, que je trouve d'un goût douteux.

— Qu'y a-t-il de si drôle ? demande Maxon, qui s'est approché discrètement de nous.

— Des histoires de filles, susurre Kriss soudain câline. J'essayais de rassurer America. Elle s'angoisse à l'idée de parler avec votre père.

Merci pour le coup de poignard dans le dos, Kriss…

— Vous n'avez aucune angoisse à avoir, America ! Restez naturelle. Vous êtes déjà magnifique.

— C'est exactement ce que je lui ai dit ! s'exclame Kriss.

Ils échangent un regard complice qui me met mal à l'aise. Je suis de trop, à l'évidence.

— Eh bien, je vous laisse à vos histoires de filles. À bientôt.

Maxon nous salue d'une rapide révérence et rejoint sa mère. Kriss le suit des yeux.

— C'est vraiment l'homme idéal, soupire-t-elle avant de m'abandonner pour engager la conversation avec Gavril Fadaye.

J'observe le ballet complexe qui se déroule devant moi, les couples qui se font et se défont. Elise vient me tenir compagnie et je la remercie en mon for intérieur, même si elle est peu bavarde.

— Mesdemoiselles, lance le roi, le temps file. Il est l'heure de nous rendre au studio d'enregistrement.

Je vérifie l'heure à l'horloge. Le Bulletin démarre dans moins de dix minutes.

Mes sentiments à l'égard du pouvoir, à l'égard de Maxon, à l'égard de quoi que ce soit, n'ont manifestement aucune importance. Aux yeux du roi, je suis une candidate qui compte pour rien. Pour zéro. Il ne prend même pas la peine de m'adresser la parole. Je suis tenue à l'écart, peut-être délibérément.

Je fais bonne figure tout au long de l'émission. J'arrive même à congédier mes femmes de chambre sans verser une seule larme. Mais, une fois seule, je m'effondre.

Et Maxon qui ne me rejoint pas… Avec qui passe-t-il la soirée ?

15.

Mes femmes de chambre sont des perles. Elles ne me posent aucune question sur mes paupières bouffies, ni sur mon oreiller trempé de larmes. Elles se contentent de m'apporter leur aide avec une infinie gentillesse. Auront-elles les mêmes prévenances vis-à-vis de Kriss, si elle les prend à son service ?

En les observant je découvre que l'ambiance est à l'orage. Anne et Lucy semblent en mauvais termes : elles s'évitent autant que possible, ne parlent que si elles y sont obligées. Je les laisse s'emmurer dans un silence de mauvais augure tandis qu'elles me coiffent et m'habillent en prévision d'une longue journée dans le Boudoir. Je meurs d'envie d'enfiler l'un des pantalons que Maxon m'a offerts, mais le moment est mal choisi. Il faut que je fasse un effort d'élégance. Que je gagne des points grâce à mon allure.

Une fois dans le Boudoir, je m'arme d'un livre et d'une tasse de thé ; les autres analysent la soirée d'hier. À l'exception de Celeste, toujours plongée dans ses magazines racoleurs.

Silvia fait soudain irruption, chargée d'épaisses liasses de documents et suivie de près par la reine Amberly. Du travail en perspective.

— Bonjour mesdemoiselles ! Aujourd'hui, la reine et moi allons vous charger d'une mission spéciale.

— Oui, enchaîne la reine. Je sais que nous vous prévenons un peu tard, mais nous recevons des hôtes la semaine prochaine. Ils sont en visite officielle et ils vont faire un détour par le palais pour venir à votre rencontre.

— Vous ne l'ignorez pas, c'est la reine qui se charge de recevoir les hôtes de premier plan. Vous avez vu l'accueil impeccable qu'elle a réservé à la délégation de Suédie.

« Cependant, les visiteurs qui sont annoncés la semaine prochaine, des représentantes de la Fédération germanique et des membres de la monarchie d'Italie, sont encore plus importants que la famille royale de Suédie. Et nous sommes d'avis que ces visites seront prétexte à un excellent exercice de diplomatie. Vous serez réparties en deux équipes et chaque équipe préparera une réception pour les invités dont elle aura la charge, en incluant le souper, les divertissements et les cadeaux.

« Il est capital pour Illeá d'entretenir de bonnes relations avec ses alliés tout en nouant de nouvelles alliances avec d'autres pays. Il existe des règlements détaillant le protocole en vigueur dans ce genre d'événements, ainsi que des brochures qui signalent les faux pas à éviter. L'organisation dépendra entièrement de vous.

— Nous voulions que cela soit aussi juste que possible. Il y aura deux groupes : Celeste, Natalie et Elise d'un côté. Kriss et America de l'autre. Mesdemoiselles Kriss et America auront droit à un jour supplémentaire. Nos hôtes de la Fédération germanique sont annoncés mercredi, ceux d'Italie le jeudi.

— Vous voulez dire que nous avons quatre jours pour tout préparer ? grince Celeste.

— Oui, répond Silvia. Mais la reine doit s'en charger seule, avec des délais parfois beaucoup plus courts.

— Est-ce qu'on peut avoir les règlements ? demande Kriss en levant la main.

D'instinct, je lève la main aussi. Quelques secondes plus tard, nous dévorons les brochures.

— Ça va être dur, se lamente Kriss.

— Ne t'inquiète pas. On va gagner.

— Comment peux-tu en être si sûre ?

— Parce qu'il est hors de question que je laisse Celeste passer devant.

Il nous faut deux bonnes heures avant d'arriver à la fin de la lecture, une autre pour digérer tout ce que nous avons appris. Il y a tant de choses à prendre en compte. Silvia nous dit qu'elle reste à notre disposition, mais j'ai comme l'impression que l'appeler à l'aide sera retenu contre nous.

La décoration va poser problème. Nous n'avons pas le droit d'utiliser des fleurs rouges car chez les Italiens elles sont associées au secret. Ni des jaunes, le jaune étant synonyme de jalousie. Ni quoi que ce soit de violet, parce que cette couleur évoque la malchance.

Les vins, les plats, les ornements, tout doit transpirer le luxe et la richesse – question de prestige. Si nous ne sommes pas à la hauteur, nos hôtes peuvent repartir refroidis et prendre la décision de ne pas signer d'alliance avec Illeá. Par ailleurs, tout ce que Silvia nous a enseigné jusqu'ici – soigner sa diction, se tenir correctement à table, etc. – doit être adapté à une culture dont Kriss et moi ignorons tout, si l'on excepte ce qui est imprimé sur les brochures.

Autant dire que les enjeux sont énormes et que nous sommes paralysées par la peur.

Nous consacrons le reste de la journée à prendre des notes et à nous torturer les méninges tandis que l'autre groupe fait de même à une table voisine. À mesure qu'avance l'après-midi, des récriminations circulent d'une table à l'autre et, au bout d'un moment, cela tourne au comique.

— Vous avez droit à une journée en plus, c'est énorme, fait remarquer Elise.

— Mais Illeá est déjà allié à la Fédération germanique. Les Italiens risquent de considérer chaque erreur comme une insulte mortelle ! s'inquiète Kriss.

— Vous savez qu'on est obligées d'avoir des tenues sombres ? geint Celeste. Cela va être une réunion très… collet monté.

— De toute façon il vaut mieux faire preuve d'élégance, la contre Natalie.

— Notre réception à nous est censée être une grande fête. Et il faut que vous portiez vos plus beaux bijoux. Pour faire bonne impression dès le départ.

— Ouf, je pourrai me mettre en valeur au moins une fois, soupire Celeste.

Il est clair que nous nous lançons toutes dans une entreprise hasardeuse. Après tout ce qui est arrivé à Marlee et l'indifférence que me témoigne le roi Clarkson, savoir que nous sommes dans la même galère me rassure, paradoxalement. Mais ce serait un mensonge de dire que je ne vire pas paranoïaque avant la fin de la journée. Je me persuade que l'une des filles de l'autre groupe – Celeste en particulier – va tenter de saboter notre réception.

Je confie mes craintes à Kriss lors du dîner, en les maquillant un peu.

— Tes femmes de chambre te sont dévouées ?

— Très. Pourquoi ?

— Je me demande s'il ne serait pas plus raisonnable de stocker certaines affaires dans notre chambre plutôt que dans le petit salon. Pour que les autres filles n'essaient pas de nous voler nos idées.

— Excellente idée. D'autant plus qu'on passe en second, on donnerait l'impression d'avoir copié.

— Exactement.

— Tu es si intelligente, America. Pas étonnant que Maxon soit tombé amoureux de toi à une époque.

Et Kriss retourne à son assiette, mine de rien.

« À une époque », c'est ce qu'elle a dit, sur un ton parfaitement désinvolte. Et je comprends que Maxon s'est peu à peu détaché de moi, sans que je m'en rende compte.

Le hurlement strident d'une sirène me réveille en sursaut. D'où elle provient, ce qu'elle signale, je l'ignore. Tout ce que je sais, c'est que mon cœur bat la chamade, stimulé par une décharge d'adrénaline.

La porte s'ouvre à la volée et un garde se précipite dans ma chambre.

— Merde, merde, merde. Debout, Ame ! Où sont tes chaussures ?

Aspen ! Encore somnolente, je m'exécute. Des chaussures. Je vais donc quelque part. C'est à cet instant que je comprends ce qu'annonce la sirène. Une attaque des Renégats.

— Ici. Je ne peux pas partir sans ma robe de chambre.

Aspen l'attrape et veut m'aider à m'habiller.

— Pas la peine, je vais la porter dans mes bras.

— Dépêche-toi. Je ne sais pas où les Renégats se trouvent exactement.

Avant que je ne m'engage dans le couloir, Aspen m'attire vers lui d'un geste brusque, m'enlace et pose sur mes lèvres un baiser brûlant. Comme s'il avait oublié le danger. Il ne m'a pas embrassée avec une telle fougue depuis des siècles. Mais cette nuit, je sens une urgence en lui, une fébrilité. Il sait que le pire peut se produire durant le raid, que ce pourrait être là notre dernier baiser.

Nous nous détachons l'un de l'autre, il me pousse dans le couloir.

— Va-t'en. Tout de suite.

Je fonce vers le passage secret qui m'a été attribué. Avant d'actionner le mécanisme, je jette un dernier coup d'œil par-dessus mon épaule et je vois Aspen disparaître à l'autre bout du couloir.

Il ne reste qu'une chose à faire : fuir. Je dévale l'escalier quatre à quatre pour gagner le refuge réservé à la famille royale.

Maxon m'a expliqué un jour la différence entre les Renégats du Nord et les Renégats du Sud. Les premiers se contentent de vandaliser le palais ; les autres, en revanche, n'hésitent pas à faire couler le sang, animés par la haine et l'esprit de revanche.

Ce sont des barbares qu'il faut combattre à tout prix.

À mesure que je descends, le froid m'étreint jusqu'aux os. Si j'enfile en même temps ma robe de chambre, je risque de trébucher. Une faible lumière émanant du refuge me parvient au bout de quelques minutes. Je quitte la dernière marche d'un bond et une silhouette se profile face à moi. Maxon. Malgré l'heure tardive, il n'a pas quitté son costume.

— Je suis la dernière ?

— Non. Il manque encore Kriss. Et Elise.

Derrière moi, le couloir plongé dans la pénombre se raccorde à trois ou quatre escaliers qui relient le refuge au corps principal du palais. Toujours personne en vue, alors que les gardes semblent impatients de refermer la porte.

Le regard de Maxon trahit son inquiétude. Tout à coup, il pousse un soupir à fendre l'âme et me prend dans ses bras. Je m'accroche à lui comme à une bouée.

— Je sais que vous êtes encore bouleversée, et je le comprends. Mais je suis heureux de vous voir en sécurité.

— Moi aussi, je suis heureuse de vous voir ici.

— Elise !

Je me retourne et je vois Elise se ruer au bas de l'un des escaliers. Où est passée Kriss ?

— Allez à l'intérieur. Silvia vous y attend.

Obéissant à l'ordre de Maxon, je m'aventure dans le refuge, Elise sur mes talons. C'est alors que je remarque ses joues baignées de larmes. Elle a l'air très éprouvée. Je la serre contre moi tandis qu'elle reprend son souffle.

— Elise, que s'est-il passé ?

— Je crois que ma femme de chambre est malade. Elle n'était pas très rapide. Et j'étais morte de peur, si bien que j'ai oublié où se situait mon passage secret. J'ai dû explorer quatre murs différents avant de trouver le bon.

— Tu ne risques plus rien à présent.

Le roi et la reine sont assis côte à côte, en pantoufles et robe de chambre. Le roi étudie une pile de documents posée sur ses genoux, bien décidé à ne pas se laisser distraire par une attaque des Renégats. La reine se fait masser les mains par l'une de ses suivantes, l'air grave.

— Vous êtes venue seule cette fois-ci ? plaisante Silvia lorsqu'elle me voit.

Elle fait allusion au jour où j'ai imposé la présence de mes trois femmes de chambre dans ce refuge.

— Elles n'étaient pas avec moi, dis-je, soudain inquiète.

— Je suis sûre qu'elles sont hors de danger. Par ici, mesdemoiselles.

Elle nous conduit, Elise et moi, jusqu'à des lits de camp alignés contre un mur de béton nu. J'en compte six. Les personnes chargées de l'aménagement des refuges n'ont pas été prises au dépourvu ce coup-ci.

Celeste s'est installée au plus près du couple royal. Natalie, qui occupe la couchette voisine, tue le temps en se nattant les cheveux.

— Essayez de dormir. Vous avez toutes une semaine difficile devant vous et vous ne pourrez rien organiser si vous êtes exténuées.

Sur ces mots, Silvia s'éloigne, sûrement pour chercher Kriss. Elise et moi lâchons un soupir incrédule. Ces fichues réceptions ne seront pas reportées, alors ? Malgré l'attaque des Renégats ? Nous nous posons sur deux lits de camp contigus et Elise se pelotonne sous les couvertures, sans dissimuler son découragement.

— Elise, si tu as besoin de quoi que ce soit, dis-le-moi, d'accord ?

— Merci.

— De rien.

Et elle sombre aussitôt dans le sommeil. Même le brouhaha qui accueille l'arrivée de Maxon, Kriss dans ses bras, ne la réveille pas. La porte du refuge est immédiatement verrouillée.

— J'ai trébuché, explique Kriss à Silvia qui se tord les mains d'angoisse. J'ai très mal à la cheville.

— Il y a des pansements au fond. On peut au moins lui bander la jambe, suggère Maxon.

Silvia file sur-le-champ chercher de quoi soigner la blessée.

— Dormez ! Tout de suite ! nous ordonne-t-elle au passage.

Natalie se recouche sans sourciller, mais Celeste semble agacée au possible. Du coup, je contiens ma mauvaise humeur. Je ne veux surtout pas devenir une Celeste bis. À contrecœur, je me glisse sous ma couette et je me tourne vers le mur.

J'essaie de ne pas penser à Aspen, qui livre bataille dans les couloirs du palais à des hommes assoiffés de sang, ni à mes femmes de chambre, qui n'ont peut-être pas eu le temps de gagner leur refuge… Et pourtant, ces images tourbillonnent dans ma tête. Quelle angoisse. Je finis par m'assoupir sur mon matelas dur et froid.

Lorsque je me réveille, j'ai perdu toute notion du temps, malgré la sensation tenace que des heures entières se sont écoulées depuis notre arrivée. J'observe Elise, qui dort à poings fermés. Le roi est toujours plongé dans ses dossiers ; il les feuillette à une vitesse telle qu'il donne l'impression d'être dans une colère noire. La tête posée sur le dossier de son fauteuil, la reine est encore plus belle quand elle s'abandonne au sommeil.

Natalie dort, elle aussi, mais ce n'est pas le cas de Celeste qui, accoudée sur son lit, a le regard fixé droit devant elle. Je remarque dans ce regard une haine farouche. Une haine qu'elle réserve aujourd'hui à Kriss et à Maxon.

Maxon a passé son bras autour des épaules de Kriss qui s'est ramassée sur elle-même, comme si sa robe de chambre ne suffisait pas à la réchauffer, la cheville gauche enveloppée d'une bande de gaze. Ils conversent à voix basse, complices.

Je me concentre à nouveau sur mon bout de mur.

Lorsque Silvia me réveille d'une tape sur l'épaule, Maxon a disparu. Kriss aussi.

16.

À l'instant où je débouche dans le couloir, je devine que ce sont les Sudistes qui sont venus la veille mettre le palais à feu et à sang. Avant d'atteindre ma chambre, je dois enjamber plusieurs meubles brisés.

Les domestiques sont visiblement débordés par l'ampleur des dégâts. Ils n'ont pas encore réussi à remettre un semblant d'ordre avant notre sortie du refuge, et c'est bien dommage. Des jeunes filles en tablier frottent furieusement un mur dans l'espoir d'effacer un graffiti, inscrit avec de la boue, ou de la peinture – du sang, peut-être ?

ON NE VOUS RATERA PAS.

Un frisson me parcourt l'échine. À cet instant, mes femmes de chambre surgissent de nulle part et m'encerclent. Surprise par leur apparition, je sursaute.

— Tout va bien, mademoiselle ? demande Anne.

— Oui. Très bien.

— Suivez-nous ! Nous allons nous occuper de vous, insiste Mary.

Je leur emboîte docilement le pas. Mes bonnes tentent de m'apaiser en se consacrant à notre routine habituelle. Leurs mains habiles arrivent à me calmer. Lorsque je suis prête, une autre femme de chambre vient me chercher. Nous allons passer la matinée dans les jardins. Les slogans sinistres barbouillés sur les murs sont plus faciles à oublier sous le soleil d'Angeles. Maxon et le roi sont logés à la même enseigne : ils ont convoqué leurs conseillers pour une réunion de crise et une table a été dressée par les majordomes entre les plates-bandes.

Installée sous une tente, la reine parcourt des documents et discute avec l'une de ses suivantes. Non loin d'elle, à une autre table, Elise, Celeste et Natalie planifient la réception dont elles ont la charge, parfaitement concentrées sur leur tâche. À croire qu'elles ont déjà oublié cette nuit cauchemardesque. Je m'installe avec Kriss un peu plus loin, sous une autre tente. Notre travail n'avance pas très vite, hélas, et j'ai du mal à faire confiance à Kriss depuis que je l'ai vue aussi proche de Maxon. Je la scrute tandis qu'elle étudie les journaux que Silvia nous a confiés, inscrivant ses remarques dans la marge.

— Je crois que j'ai trouvé une solution au problème des fleurs, annonce-t-elle.

— Parfait.

Mon regard dérive ensuite vers Maxon, qui fait semblant d'être captivé par la réunion. Il lève la tête et me salue d'un geste. Je m'apprête à lui rendre son salut quand je m'aperçois, du coin de l'œil, que Kriss agite vigoureusement la main. Je me replonge dans mes documents, mortifiée. Ce n'est pas moi qu'il saluait.

— Il est trop beau, tu ne trouves pas ? fait ma voisine.

— Si.

— Je me demande sans arrêt à quoi ressembleraient nos enfants s'ils avaient ses cheveux et mes yeux.

— Comment va ta cheville ?

— Elle me fait un peu mal, mais le docteur Ashlar m'a assuré que tout s'arrangerait avant la réception.

— Formidable. Ce serait dommage que tu passes pour une éclopée devant les Italiennes.

Je remarque alors que Maxon se dirige vers le buffet installé par les majordomes.

— Je reviens tout de suite, souffle Kriss, et elle clopine jusqu'à Maxon à une vitesse impressionnante.

Celeste se rue elle aussi sur Maxon et ils conversent tous les trois en grignotant des mini-sandwiches. Maxon éclate de rire à une plaisanterie de Celeste. Kriss esquisse un sourire en demi-teinte. Je ne perds pas une miette de la scène et j'ai presque envie, à cet instant, de remercier Celeste. Elle a ses défauts, c'est certain, mais elle ne se laisse pas démonter par une rivale un peu trop entreprenante. J'aimerais avoir sa détermination – et son culot.

Un ordre que le roi aboie à l'un de ses conseillers me ramène à l'instant présent. Un peu plus loin, Aspen fait sa ronde. Il tourne la tête vers moi une fraction de seconde et risque un clin d'œil furtif. Il boîte un peu et un pansement lui recouvre la joue. Que lui est-il arrivé ?

Soudain un cri affolé retentit à quelques mètres.

— Des Renégats ! Fuyez !

— Des Renégats ! Dans l'enceinte du palais ! Ils arrivent !

Le cri du garde me remet instantanément à l'esprit la menace tracée sur le mur : ON NE VOUS RATERA PAS.

Un vent de panique balaie les jardins. La reine est conduite vers le palais par ses suivantes qui forment un bouclier autour d'elle, au cas où elle serait la cible d'une attaque. Celeste se raccroche en toute hâte au petit groupe, présumant que la reine est menée en lieu sûr. Maxon cueille Kriss et la confie au premier garde qu'il croise – Aspen, comme par hasard.

— Fuyez ! Vite !

D'un sang-froid à toute épreuve, Aspen s'élance vers le palais, Kriss entre ses bras.

— Maxon, ne restez pas là ! s'exclame-t-elle.

J'entends alors un craquement de l'autre côté des grilles, qui sont restées ouvertes. Une explosion, on dirait. Plusieurs gardes dégainent une arme et je comprends alors ce qui se passe. Une fusillade. Deux autres coups de feu retentissent et je me fige. Les gardes bousculent les gens sans ménagement, les contraignant à regagner le palais tandis qu'une meute de vagabonds envahissent les jardins, chargés de sacs à dos et de besaces. Un autre coup de feu résonne. Je prends la fuite sans réfléchir, en espérant mettre le palais – et les Renégats – aussi loin que possible derrière moi.

Je m'élance à toute vitesse en direction de la forêt qui borde les jardins et je glisse à plusieurs reprises à cause de mes ballerines. Une fraction de seconde, j'envisage de me déchausser, mais je n'ai guère envie de courir pieds nus.

— America ! s'écrie Maxon. Revenez !

Comme je risque un coup d'œil par-dessus mon épaule, je vois le roi saisir Maxon par le col de sa veste. Dans le regard de Maxon s'inscrit une terreur pure.

— Arrêtez ! Vous allez la toucher ! Ne tirez pas !

Quelques coups de feu encore, quelques cris, puis je me retrouve hors de portée de voix. Au moment où je traverse une immense pelouse à un train d'enfer, je comprends que je suis seule au monde. Aucun garde ne pourra rattraper les Renégats qui se déversent du palais et se sont lancés à mes trousses. Il ne me reste plus qu'à courir, courir pour sauver ma peau.

La peur me rend aussi rapide que le vent et je suis surprise de découvrir, une fois dans la forêt, que les broussailles ne sont pas un obstacle. Le sol est sec – il n'a pas plu depuis des mois –, compact. Mes jambes sont fouettées par les buissons, je suis trempée de sueur, ma robe me colle à la peau. Cela fait des semaines que je ne fais aucun exercice physique, que je mange vraiment à ma faim, et mon corps commence déjà à fatiguer. Mes poumons me brûlent, mes muscles tirent. Je galope de plus belle.

La nuit tombe peu à peu et je décide de faire une pause. Au bout d'un moment, j'avise un arbre dont le tronc me paraît assez épais pour me soustraire aux regards. Je me pends à une branche un peu plus basse que les autres, j'ôte mes ballerines et j'entreprends d'escalader l'arbre. Je m'installe sur une branche, pas trop haut, et je me fais aussi petite que possible sur mon perchoir. Un épais silence me cerne de toutes parts. Est-ce que je les ai semés ? Je reste immobile, aux aguets. Au bout de quelques secondes, un bruissement de feuilles me tire de ma léthargie.

— On aurait mieux fait de venir en pleine nuit, grogne une voix – une voix jeune, féminine.

Je m'aplatis contre le tronc.

— En pleine nuit, ils ne seraient pas dans les jardins, répond un homme. Donne, je vais en porter quelques-uns.

— Je me débrouille.

Ils se rapprochent inexorablement. Retenant ma respiration, je regarde deux personnes – deux Renégats – passer sous l'arbre. À l'instant où je me dis que le danger est passé, le sac que porte la fille se déchire et une avalanche de livres se déverse sur la mousse. Des livres ? À quoi leur servent-ils ?

— Et merde, jure-t-elle en se jetant à genoux.

Elle porte une veste en jean brodée d'une guirlande de fleurs. Elle doit mourir de chaud là-dedans.

— Tu vois, j'aurais pu te filer un coup de main, grogne le garçon.

— Tu es encore plus maladroit que moi, répond la fille sur un ton plein d'affection.

Un sifflement résonne dans le lointain.

— C'est Jeremy ?

— On dirait bien.

— Va le rejoindre, ordonne la fille. J'arrive tout de suite.

Le garçon hésite, puis il plante un baiser sur le front de son amie et s'éloigne à petites foulées.

La fille ramasse les derniers livres, puis elle coupe la bandoulière de sa besace à l'aide d'un poignard et s'en fait une sangle.

Lorsqu'elle se redresse, je sens une vague de soulagement me submerger – un répit de courte durée car elle chasse une mèche de cheveux, lève la tête…

… et me voit perchée dans l'arbre.

Nous nous fixons du regard. D'une seconde à l'autre elle va appeler ses complices, les autres Renégats, qui me réserveront un sort horrible.

Mais non, elle n'appelle personne. Elle se contente de lâcher un petit rire amusé.

Un autre sifflement à l'arrière-plan et nous détournons brièvement la tête, distraites, avant de nous toiser à nouveau.

Alors, dans un geste qui me prend de court, elle s'incline et m'offre une révérence parfaite, d'une grâce consommée. Je l'observe, sidérée. Elle se redresse, la mine réjouie, et disparaît dans la nature. Les fleurs brodées sur sa veste se confondent avec le décor.

Au bout d'une bonne heure de guet, je me résous à quitter ma branche. Lorsque je retrouve la terre ferme, une question me vient à l'esprit : où sont passées mes chaussures ? Je cherche mes petites ballerines blanches dans les fourrés, mais elles demeurent introuvables. J'abandonne mes recherches et je décide de retrouver le chemin du palais.

Après un rapide coup d'œil alentour, je dois me rendre à l'évidence. Je suis complètement perdue.

17.

Je m'assieds au pied de l'arbre, en chien de fusil, et j'attends. C'est ce que maman m'a appris à faire, attendre, quand on est perdu. Cela me donne du temps pour réfléchir à ce qui s'est produit.

Je n'arrive pas à m'expliquer que les Renégats aient pu s'introduire dans le palais deux jours de suite. Deux jours de suite, c'est du jamais-vu ! Ce serait comique si des vies humaines n'avaient pas été fauchées. La situation politique s'est-elle dégradée à ce point ? Est-ce que le chaos règne au-delà des murs du palais ?

Mes jambes sont zébrées d'entailles qui provoquent une douleur cuisante. Je remarque également un gros bleu sur ma cuisse. Je meurs de soif, je suis exténuée tant physiquement que mentalement. J'appuie la tête contre le tronc, je ferme les yeux et, contre toute attente, je m'endors.

Je suis réveillée par un craquement. La forêt est plongée dans les ténèbres. Combien de temps ai-je dormi ?

L'instinct m'ordonne de me réfugier à nouveau dans l'arbre quand j'entends crier mon nom.

— Mademoiselle America ! Où êtes-vous ?

— Mademoiselle America ? s'écrie une autre voix. Ne laissez aucun recoin inexploré. S'ils l'ont tuée, ils l'ont peut-être pendue, ou enterrée. Restez attentifs.

— Oui, chef.

Immobile, je me concentre sur les voix et je tente d'identifier les silhouettes qui se découpent sur la pénombre. Viennent-ils vraiment à mon secours ? C'est alors que je me rends compte que l'une des silhouettes boîte légèrement. Un faisceau de lumière traverse le feuillage et frappe le visage d'Aspen. Oui, je suis sauvée.

— Je suis ici ! Par ici !

— Quel soulagement, souffle-t-il avant de se tourner vers ses camarades. Je l'ai trouvée ! Vivante !

Je me jette dans ses bras.

— J'avais tellement peur qu'ils t'aient tuée. Tu es blessée ?

— Un peu, aux jambes.

Un groupe de soldats se déploie autour de nous et félicite Aspen.

— Mademoiselle America, êtes-vous blessée ? me demande l'officier.

— J'ai quelques coupures aux jambes.

— Vous ont-ils fait du mal ?

— Non. Ils ne m'ont pas rattrapée.

— Aucune des autres Sélectionnées n'aurait pu les semer, c'est certain.

— Aucune des autres Sélectionnées n'est une Cinq.

Certains gardes s'esclaffent, parmi lesquels Aspen.

— Bien vu. Rentrons au palais. Soyez vigilants, messieurs. Ces gredins rôdent peut-être encore dans le secteur.

Aspen me prend dans ses bras et entame la longue marche vers le palais. Tandis que nous progressons à travers bois, il chuchote à mon oreille :

— Je sais que tu es intelligente et rapide, mais tu m'as fait une belle frayeur.

— J'ai menti à ton chef.

— Comment ça ?

— Ils ont fini par me rattraper. Ils ne m'ont rien fait, mais une fille m'a vue. Elle m'a fait une révérence avant de filer.

— Une révérence ?

— Incroyable, non ? Je ne me suis pas du tout sentie menacée. En fait, c'était une fille normale.

Je repense au portrait que Maxon m'a tracé des Renégats, et j'en déduis que cette fille vient du Nord. Il n'y avait pas une once d'agressivité en elle, juste de la détermination, de l'énergie. En revanche, l'attaque de la veille peut être attribuée sans aucun doute aux Renégats du Sud. Qu'est-ce que cela signifie ? Qu'ils sont de mèche ? Que ceux du Nord nous observent, attendant le moment où nous sommes le plus vulnérables pour frapper ? Le fait qu'ils puissent nous épier me donne la chair de poule.

— Et elle avait des livres. Tout un tas de livres.

— Cela arrive souvent. Aucune idée de ce qu'ils font avec. Ils s'en servent sûrement comme moyen de chauffage. Il doit faire froid là où ils habitent.

— Pourquoi pas.

L'hypothèse d'Aspen ne me convainc pas. Si je cherchais de quoi allumer un feu, du petit bois par exemple, je ne me compliquerais pas la tâche en venant me servir au palais royal. Et la précipitation avec laquelle la fille ramassait les livres semés par terre me fait soupçonner un motif autrement plus important.

Encore une heure de marche, à une allure soutenue, avant de rejoindre le palais. Malgré sa blessure, pas une fois Aspen ne montre de signe de fatigue. En réalité, il semble ravi de me porter dans ses bras.

— Les prochaines journées risquent d'être chargées pour moi, chuchote-t-il alors que nous traversons les jardins, mais je vais faire mon possible pour venir te voir assez vite.

— D'accord.

Le palais scintille au soleil couchant, les fenêtres flamboient de mille feux. C'est la première fois que je vois un spectacle pareil. Splendide !

J'étais certaine, pour une raison ou pour une autre, que Maxon m'attendrait près de la porte, mais personne ne vient m'accueillir. Aspen reçoit l'ordre de m'emmener à l'infirmerie afin que le docteur Ashlar m'examine et un autre garde est chargé d'informer la famille royale de cet heureux dénouement. Ainsi, mon retour est un non-événement. Je me retrouve seule sur un lit d'hôpital, les jambes emmaillotées de bandages, et c'est seule que je m'endors.

Un éternuement me tire du sommeil.

Je cligne des yeux, désorientée, et je balaie l'infirmerie du regard. Maxon est assis sur une chaise, tout près de mon lit.

— Je n'avais pas l'intention de vous réveiller, s'excuse-t-il à mi-voix. Rendormez-vous.

— Quelle heure est-il ?

— Presque deux heures.

— Du matin ?

Maxon répond d'un hochement de tête avant de me dévisager, et je suis soudain très mal à l'aise. Je me suis débarbouillée et coiffée à la va-vite à mon retour mais je suis certaine que les plis de l'oreiller se sont imprimés sur ma joue.

— Vous ne dormez jamais, Maxon ?

— Mais si. Je suis à cran, c'est tout.

— L'un des risques du métier ?

— On peut dire ça, oui.

Je me redresse et nous restons silencieux un long moment, à court de mots. Je déclare alors avec une désinvolture feinte :

— J'ai pensé à quelque chose aujourd'hui, quand j'étais dans la forêt.

— Vraiment ?

— À propos de vous.

— Dites-moi.

— J'ai repensé à votre inquiétude hier soir, quand Elise et Kriss ne s'étaient pas encore présentées au refuge. Et aujourd'hui, vous avez voulu me retenir quand je me suis enfuie dans la forêt.

— J'ai fait ce que j'ai pu. Pardonnez mon impuissance.

— Je ne vous en veux pas. Écoutez, quand j'étais perdue dans les bois, je me suis dit que vous deviez être très inquiet pour moi, comme vous l'êtes pour nous toutes. Même si, en ce moment, nous sommes un peu dans le creux de la vague.

— Nous avons connu des jours meilleurs.

— Mais vous avez voulu m'apporter votre secours malgré tout, au péril de votre vie. Vous avez confié Kriss à un garde afin de l'éloigner du danger. Notre sécurité vous tient à cœur. Notre bien-être, aussi. Du coup, j'ai compris que ce n'est pas vous qui avez voulu punir Marlee. Je suis certaine que vous l'auriez épargnée, si cela ne tenait qu'à vous.

— Sans la moindre hésitation.

— Je le sais.

Maxon, timidement, me prend la main. Je le laisse faire.

— Vous souvenez-vous, America, de cette discussion, quand je vous ai dit que j'avais quelque chose à vous montrer ?

— Oui.

— Cela ne saurait tarder. Vous verrez alors que parfois, le jeu en vaut la chandelle. Mais il faudra attendre la fin de la réception, j'en ai bien peur. Et depuis hier, vos préparatifs sont restés au point mort.

— Les réceptions ne sont pas annulées ? Les Renégats ont lancé deux attaques contre nous et j'ai passé une grosse partie de la journée perdue en forêt. Notre réception va être un fiasco...

— Ne vous découragez pas aussi facilement.

— Attendez-vous quand même à un désastre.

— Vous vous inquiétez trop. Même si vous faites moins bien que l'autre groupe, je ne vous renverrai pas.

— Êtes-vous en train de me dire que si les filles de l'autre groupe ne sont pas à la hauteur, l'une d'elles sera expulsée de la Sélection ?

— J'ai à peu près deux semaines de sursis avant une nouvelle expulsion. Les réceptions sont censées jouer un grand rôle dans mon choix. Vous et Kriss, vous avez la configuration la plus difficile. Une nouvelle relation diplomatique à bâtir, des effectifs réduits ; et même si la fête fait partie intégrante de leur culture, les Italiens sont très susceptibles. Ajoutez à cela une situation qui vous a empêchée de travailler… Il m'est interdit de vous apporter mon aide mais, si vous avez besoin de quoi que ce soit, faites-moi signe. Je ne peux pas me permettre de vous renvoyer, ni vous ni Kriss.

Couchée sur mon lit d'hôpital, je découvre que Maxon Schreave vient de me briser le cœur. Jusqu'à cet instant, je pouvais me convaincre que ce qui se passait entre lui et Kriss n'était que le fruit de mon imagination, mais son aveu a détruit mes espoirs.

Il aime bien Kriss. Peut-être l'aime-t-il tout court.

J'accepte son offre d'un mouvement de tête, incapable de prononcer un mot. Anéantie.

Maxon se met debout et défroisse sa veste.

— Je ferais mieux de vous laisser. Vous avez besoin de vous reposer après cette journée interminable. Je voudrais vous dire tant de choses encore. J'ai vraiment cru que je ne vous reverrais jamais.

— Tout va bien. Vraiment.

— C'est ce que je constate, mais j'ai passé plusieurs heures à me préparer au pire. D'ordinaire, vous êtes celle à qui il m'est le plus facile d'ouvrir mon cœur. Mais j'ai l'impression que ce n'est pas l'attitude la plus sage à avoir aujourd'hui.

Je baisse vivement la tête, façon muette de reconnaître qu'il a raison. Je ne vois pas comment je pourrais livrer mes sentiments à quelqu'un qui a reporté son affection, de toute évidence, sur une autre.

— Regardez-moi, America. Je peux attendre. Je veux simplement que vous sachiez… je n'arrive pas à trouver des mots assez éloquents pour exprimer le soulagement de vous voir ici, en un seul morceau. Je n'ai jamais été aussi heureux de ma vie. Bonne nuit, America.

18.

Nous sommes lundi. Ou mardi, déjà, je ne sais pas trop. En tout cas, le soleil ne s'est pas encore levé. Le temps passe si vite que je n'arrive plus à distinguer la nuit du jour.

Kriss et moi avons consacré des heures entières à régler point par point la décoration, composer notre tenue, assortir nos bijoux, établir le menu du souper, choisir la vaisselle dans laquelle les plats seront servis, répéter en boucle, sous la houlette d'un professeur, quelques formules indispensables pour communiquer avec les Italiennes. Kriss est encore moins douée que moi, la pauvre.

Malgré l'épuisement qui guette, je n'arrive pas à m'enlever les paroles de Maxon de la tête. Que s'est-il passé avec Kriss ? Quand se sont-ils rapprochés ? Car je tiens toujours à lui… Je ne me sens pas encore prête à tirer un trait sur notre histoire.

Je me demande ce que ferait Gregory Illeá à ma place, face à ce genre de dilemme. Je vais chercher son journal dans les profondeurs de mon tabouret, avec l'espoir d'y trouver une perle de sagesse qui m'aidera à résoudre ce conflit intérieur. Gregory Illeá n'était pas de sang royal ; c'était un roturier, comme on a coutume de dire. Sa nouvelle vie, il a dû s'y adapter. Si j'en crois ce qu'il a écrit au moment de fêter Halloween, il se préparait déjà à un bouleversement.

J'ouvre une page au hasard.

Je souhaite incarner l'idéal américain traditionnel. J'ai une famille magnifique, j'ai amassé une belle fortune à la sueur de mon front. Je ne suis pas un héritier. Tout le monde sait que j'ai travaillé dur pour arriver au sommet.
Mais ma générosité légendaire, quand les autres ont les poches vides, m'a fait passer du statut de milliardaire anonyme à celui de philanthrope. Je ne veux plus me reposer sur mes lauriers. Il faut que je dépasse ce statut. C'est malheureusement Wallis qui tient les rênes du pays et il faut que je trouve un moyen de le remplacer sans passer pour un usurpateur. Un jour viendra où j'aurai enfin le pouvoir, et les coudées franches. Pour l'instant, je vais respecter les règles et travailler dans les limites qu'elles m'imposent.

Je relis plusieurs fois ce passage et j'essaie de résumer la position de Gregory Illeá. Tirer parti de sa position. Respecter les règles. Ne pas céder à la peur…

Cela ne m'est d'aucune aide. Amère désillusion. Déçue par Gregory Illeá, je me tourne alors vers le seul homme sur lequel je peux encore compter : mon père. Je m'installe à mon bureau afin de lui écrire une courte lettre.

19.

La journée du lendemain s'écoule à une vitesse affolante. Je me présente avec Kriss à la réception organisée par l'autre groupe ; nous sommes toutes les deux vêtues de robes grises pas très folichonnes.

— Alors, tu as une stratégie ? me demande Kriss tandis que nous remontons le couloir.

Je réfléchis un instant. J'ai beau haïr Celeste, je n'aimerais pas la voir perdre alors que les relations internationales d'Illeá en dépendent.

— Restons polies, sans être serviables. Ne quittons pas la reine et Silvia des yeux, au cas où elles lâcheraient des indices. Absorbons tout ce qu'il est possible d'absorber… et travaillons toute la nuit pour atteindre la perfection.

— D'accord. Allons-y.

Nous arrivons à l'heure, comme l'exige la culture de nos invitées, et c'est déjà la panique à bord. Celeste fait preuve d'une mauvaise volonté qui n'échappe à personne. Alors que ses camarades ont opté pour des tenues bleu foncé, d'une sobriété exemplaire, elle a eu l'audace de choisir une robe d'une teinte très claire, presque une robe de mariée. Et je fais l'impasse sur son décolleté, qui détonne avec les tailleurs stricts des Germaniques, en manches longues malgré la chaleur.

Natalie, en charge des fleurs, est passée à côté d'un détail capital : en Germanie, les lys sont traditionnellement associés au deuil. À cause de sa gaffe, tous les bouquets ont été retirés à la dernière minute. Elise, plus agitée qu'à l'ordinaire, parvient tout de même à donner le change. C'est elle qui va impressionner nos invitées.

C'est un véritable casse-tête de communiquer avec les représentantes de la Fédération germanique, qui massacrent notre langue, quand des formules idiomatiques en italien viennent parasiter mes pensées. Je m'efforce de gagner leur bienveillance et, sous leur sévérité de façade, ces dames se révèlent en fait très courtoises.

Je comprends très vite que Silvia, qui ne quitte pas une seconde son fameux calepin, présente pour nous la véritable menace. Tandis que la reine divertit ses invitées, Silvia observe tout de son regard d'aigle et noircit des pages entières de son bloc-notes. C'est elle que Kriss et moi devons séduire en priorité.

Le lendemain matin, Kriss me rejoint dans ma chambre avec ses bonnes et nous nous préparons ensemble. L'objectif, c'est de porter des tenues similaires qui sauront se différencier par de menus détails, pour ne pas évoquer des sœurs jumelles. Nos femmes de chambre se connaissent toutes et elles s'affairent avec entrain tout en papotant.

Plusieurs heures avant l'arrivée des Italiennes, nous inspectons une dernière fois la Salle de Réception. Nous avons supprimé le plan de table pour laisser à nos invitées le plaisir de choisir leur propre place, en toute liberté. Les musiciens arrivent pour les répétitions et nous découvrons, ô joie, que les tentures que nous avons choisies améliorent considérablement l'acoustique.

J'arrange le collier de Kriss tout en révisant pour la énième fois nos formules d'italien. Ma camarade les récite avec un naturel qui m'impressionne.

— Merci, me lance-t-elle, et je lui réponds :

— *Grazie.*

— Non, non. Je te remercie, America. Tu as fait un travail formidable et… comment dire ? Je pensais qu'après l'épisode avec Marlee, tu baisserais les bras. J'avais peur de devoir tout faire toute seule, mais tu as travaillé d'arrache-pied. Alors, merci.

— Merci à toi. Tu n'as pas ménagé ta peine. Je ne sais pas si j'aurais pu travailler dans le même groupe que Celeste. Tu as rendu les choses presque faciles.

Et tu as raison : c'est dur sans Marlee, mais jamais je n'aurais abandonné. Notre réception va rester dans les annales.

— Tu es toujours dans la compétition, alors ? me demande Kriss. Tu n'as pas renoncé à Maxon ?

C'est la première fois que l'une de mes concurrentes expose la situation aussi crûment. Prise au dépourvu, j'hésite. Dois-je satisfaire sa curiosité ? Conserver une part de mystère ?

Silvia me sauve la mise en se présentant sur le seuil, toujours débordante d'énergie.

— Mesdemoiselles, l'heure approche. Tout est prêt ?

La reine apparaît derrière elle et étudie la salle d'un œil admiratif. Son sourire fait naître en moi un soulagement indicible.

— Presque, lui répond Kriss. Plus que quelques petits détails à régler. Et vous tombez à pic : nous avons besoin de votre concours.

— Vraiment ? s'étonne Silvia.

La reine s'approche de nous, une étincelle de fierté dans ses pupilles sombres.

— Le décor est magnifique. Et je vous trouve toutes les deux très en beauté.

— Merci, Votre Majesté !

C'est moi qui ai eu l'idée de ces robes bleu ciel rehaussées d'or. Elles ont un petit côté festif sans être de mauvais goût.

— Vous avez peut-être remarqué les colliers que nous portons, ajoute Kriss. C'est une façon d'aider nos invitées à nous identifier immédiatement.

— Excellente initiative, commente Silvia en griffonnant sur son bloc-notes.

— Comme vous êtes toutes les deux hôtesses, au même titre que nous, nous vous avons préparé des colliers identiques aux nôtres, dis-je alors que Kriss va chercher deux écrins posés sur une table.

— Charmante attention ! lance la reine.

— Moi… moi aussi ? balbutie Silvia.

— Mais bien sûr, répond Kriss en lui présentant l'un des coffrets. Vous nous avez été d'une aide inestimable. C'est votre projet à vous aussi.

Je constate que la reine est très touchée par notre geste ; Silvia reste, pour sa part, sans voix. À croire que personne, dans ce palais, n'a pour elle ce genre de prévenances. Sa réaction me va droit au cœur et je me promets de lui témoigner plus souvent ma reconnaissance.

À cet instant, un majordome vient nous annoncer l'arrivée de la délégation italienne. Kriss et moi nous postons de chaque côté de la porte pour accueillir les nouvelles venues. L'orchestre joue en sourdine, histoire d'assurer une ambiance musicale, le personnel chargé du service s'apprête à circuler parmi les invitées pour leur proposer verres de vin et petits-fours. La réception peut démarrer.

Elise, Celeste et Natalie se présentent les premières ; elles ont eu la gentillesse de ne pas arriver en retard. Lorsqu'elles aperçoivent les riches étoffes qui habillent les murs, les verres scintillants, les bouquets à profusion, Elise et Celeste semblent dépitées. Natalie, quant à elle, est surexcitée.

— Vos fleurs sentent bon, soupire-t-elle, comme hypnotisée.

— Mais trop fort, riposte Celeste. Vous allez nous filer la migraine !

— Il faudrait vous répartir dans la salle, leur suggère Kriss. Les Italiennes sont venues nouer des amitiés.

Celeste prend un air très contrarié. Je me retiens de lui hurler dessus : Kriss et moi, nous avons eu un comportement exemplaire pendant la réception qu'elle a organisée. C'est à cet instant que j'entends du bruit dans le couloir : ce sont les princesses italiennes qui débarquent en bloc. Instantanément, j'oublie Celeste.

L'adjectif qui me vient à l'esprit pour qualifier ces femmes, c'est « sculpturales ». Grandes, la peau dorée, elles sont d'une beauté à couper le souffle. Et, comme si cela ne suffisait pas, elles sont adorables. La gentillesse incarnée. Elles nous font la bise sur les deux joues et s'exclament : « *Salve !* » J'essaie de m'inspirer de leur enthousiasme.

La monarchie italienne est plus jeune encore que celle d'Illeá. D'après la brochure que nous a donnée

Silvia, c'est la première fois qu'elle accepte notre invitation. Par conséquent, cette réception représente la première étape d'un processus qui débouchera sur une relation plus étroite avec un gouvernement dont le pouvoir s'accroît. En résumé, nous jouons gros.

Je mutile certaines des formules apprises par cœur mais nos invitées, indulgentes, corrigent mes erreurs ou les écartent d'une boutade. Elles parlent notre langue à la perfection et nous nous complimentons mutuellement sur nos coiffures et sur nos tenues. Premier contact encourageant, donc.

Je finis par tenir compagnie à Orabella et à Noemi, deux sœurs, cousines de l'infante d'Italie.

— Délicieux ! s'écrie Orabella en levant son verre.

— Ravie que le vin soit à votre goût.

J'ai peur de passer pour une rabat-joie. Elles nous tutoient, rient à gorge déployée et parlent d'une voix si forte…

— Mais goûte donc ! m'enjoint la princesse.

Je n'ai pas touché à une goutte d'alcool depuis Halloween mais j'accepte le verre qu'elle me tend, de peur de la froisser. Stupéfaction. Le champagne est une symphonie de bulles mais ce vin d'un rouge profond, aux arômes puissants, me frappe par sa complexité.

— Succulent.

— Dis-moi, *bella,* m'interrompt Noemi en prenant la conversation à son compte, ce Maxon, il est plutôt pas mal. Il y a un moyen d'intégrer la Sélection ?

— De la paperasse à remplir.

— C'est tout ? Où est mon stylo ?

— Moi aussi ça m'intéresse, l'interrompt Orabella. J'en ferais bien mon quatre-heures, de ce Maxon.

— C'est un peu la mauvaise ambiance ici, vous pouvez me croire.

— Mais ton verre est vide ! s'indigne Noemi.

— Tu me voles mes répliques ! s'exclame Orabella avant de héler un majordome, qui remplit à nouveau mon verre.

— Tu as déjà visité l'Italie ? s'enquiert sa sœur.

— Avant la Sélection, je n'avais même pas mis un pied en dehors de ma province.

— Tu dois venir ! piaille Orabella. Ma porte t'est grande ouverte.

— Tu accapares toujours les visiteurs, se plaint Noemi. C'est chez moi qu'elle viendra… Dis-moi, il embrasse bien ?

Je m'étrangle à moitié, puis je m'esclaffe. Mon hilarité vaut tous les aveux.

— Alors ? Mais tu ne bois rien !

Je pointe sur les deux sœurs un index accusateur.

— Vous, vous voulez me tendre un piège !

Rejetant la tête en arrière, elles rugissent de rire, prises les doigts dans le pot de confiture. Je décide de leur fausser compagnie avant que l'alcool ne me monte à la tête. Quittant la table, je lance :

— Il est très romantique. Quand il s'en donne la peine !

Elles sifflent et battent des mains tandis que je m'éloigne, charmée par leur spontanéité.

Peu après, j'exécute au violon quelques mélodies populaires et une grande partie de la salle se met à chanter. Du coin de l'œil, je constate que Silvia tape du pied en rythme tout en prenant des notes. Lorsque Kriss se met debout et propose de porter un toast en l'honneur de notre gouvernante et de la reine, cela soulève une tempête d'applaudissements. Je lève ensuite mon verre à nos invitées ; elles poussent des cris de joie, vident leur propre verre d'une traite et le jettent derrière elles, l'envoyant se fracasser contre le mur. Kriss et moi prenons le parti de les imiter.

Le personnel se précipite pour ramasser les éclats de verre, les musiciens reprennent leurs instruments et tout le monde se lance alors dans une danse endiablée. Le clou de la soirée, c'est Natalie qui nous l'offre en montant sur une table pour improviser une chorégraphie, ses bras aussi souples que des tentacules.

Assise dans un coin de la pièce, la reine Amberly converse amicalement avec son homologue italienne. Il ne m'en faut pas davantage pour conclure que la réception est une réussite. Absorbée dans mes pensées, je tressaille quand Elise m'adresse la parole.

— Votre réception est largement la plus aboutie. Vous vous êtes surpassées, Kriss et toi.

— Merci. J'étais inquiète à un moment – on a pris un mauvais départ.

— Je sais. Le résultat est encore plus bluffant. On dirait que les préparatifs vous ont pris des semaines, admet-elle avec un regard presque envieux.

— Tu sais, Elise, tout le monde a constaté hier que c'est toi qui t'es donné le plus de mal dans ton équipe. Je suis certaine que Silvia va le signaler à Maxon.

— Tu crois ?

— Bien sûr. Et je te promets que si tu es annoncée perdante, j'irai moi-même plaider ta cause auprès de Maxon.

— Tu ferais ça ?

— Sans hésiter.

— J'admire ton attitude. Ton honnêteté. Mais tu dois comprendre que nous sommes rivales, America. Jamais je ne mentirai à ton sujet, jamais je ne dirai du mal de toi, mais jamais je n'irai jusqu'à chanter tes louanges auprès du prince. Jamais.

— Rien ne t'oblige à être dans cet état d'esprit.

— Bien sûr que si. Ce n'est pas une compétition comme les autres. Ce qu'il y a en jeu, c'est un mari, une couronne, un avenir. Et c'est sûrement toi qui as le plus à gagner ou à perdre dans l'affaire. Ce qui ne signifie pas que je ne t'apprécie pas, poursuit Elise. Je t'aime beaucoup. Mais ne compte pas sur mon soutien.

Ses paroles me font l'effet d'un coup de poing. De toute évidence, je suis loin d'être aussi impliquée qu'elle dans la Sélection. Je ne mets pas la même énergie dans la bataille. De quoi douter de ma motivation.

Elise adresse un sourire à une personne qui s'approche. Je me retourne. L'infante italienne vient nous voir.

— Pardonnez-moi, puis-je vous enlever notre hôtesse ? demande-t-elle à Elise avec un accent qui me fait fondre.

Elise ébauche une révérence et retourne danser. J'accorde toute mon attention à ma nouvelle interlocutrice.

— Princesse Nicoletta, je suis navrée de vous avoir délaissée aujourd'hui. C'est impardonnable de ma part.

— Que racontez-vous là ! Vous avez été très sollicitée. Mes cousines vous adorent !

— Elles ont un humour irrésistible.

— Nous avons longtemps hésité à tisser des liens avec Illeá. Notre peuple est, comment dire… beaucoup plus libre que le vôtre.

— C'est ce que je constate.

— Non, non. Je parle des libertés individuelles. De la prospérité. Vous vivez toujours dans un système de castes, si je ne me trompe ?

Comprenant soudain qu'il ne s'agit plus d'une conversation amicale, je hoche la tête.

— Nous étudions votre cas, bien entendu. Nous nous tenons au courant. Les émeutes, les Renégats. Il semblerait que le peuple ne voie pas ce système d'un bon œil.

— Votre Majesté, je ne sais pas si je suis l'interlocutrice la plus compétente dans ce domaine. Je n'ai absolument aucune influence en matière politique.

— Il ne tient qu'à vous de changer cela, affirme la princesse Nicoletta d'un air sibyllin.

Me voilà tétanisée. Que veut-elle me faire comprendre, au juste ?

— Nous avons vu ce qui est arrivé à l'autre petite. La jolie blonde…

— Marlee. Ma meilleure amie.

— Et nous vous avons vue, vous. Les images sont rares, mais elles circulent, et elles montrent que vous ne vous êtes pas laissé faire. Vous vous êtes battue.

Il y a de la fierté dans son regard, une fierté qui fait écho à celle de la reine Amberly.

— Nous souhaitons vivement tisser des liens avec une nation puissante où la tyrannie n'a pas droit de cité. Si vous avez besoin d'une aide quelconque pour obtenir la couronne, à titre officieux bien entendu, faites-le savoir. Vous pouvez compter sur notre appui.

Puis elle me glisse un morceau de papier dans la main et me fausse compagnie. Comme je n'ai pas de poche, je cache son petit mot en toute hâte dans mon soutien-gorge, aussi discrètement que possible.

Lorsqu'elle me tourne le dos, elle crie quelques mots en italien, ce qui lui vaut une ovation.

Notre réception s'éternise, sûrement parce que nos invitées s'amusent, du moins je l'espère. Pour ma part, je ne vois pas le temps passer.

Quelques heures plus tard, je retrouve ma chambre, exténuée. Gavée de petits-fours, j'ai sauté le dîner et j'ai la ferme intention de m'offrir une bonne nuit de sommeil.

Anne m'accueille avec une surprise. Une lettre. Je déchire l'enveloppe et je vais la lire sur le balcon, afin de savourer les derniers rayons du soleil couchant.

Ma chère America,

Il va falloir que tu écrives à May, et vite. Quand elle a vu que ta lettre m'était destinée, sa déception a été immense. J'ai moi-même été surpris, je dois l'avouer. Je ne sais pas à quoi je m'attendais, mais certainement pas à la question que tu m'as posée.
Eh bien oui, tu as vu juste. Durant notre séjour au palais royal, j'ai discuté avec Maxon et il a été très clair par rapport à ses intentions. Je crois que c'est un garçon qui considère l'honnêteté comme une vertu et j'ai pensé sur le moment (je le pense toujours, d'ailleurs) qu'il tient beaucoup à toi. Si la procédure était plus simple, il t'aurait déjà choisie. Au fond de moi, je pense que c'est toi qui hésites le plus. Ai-je tort ?

J'ai une très haute opinion de Maxon et si tu souhaites lier ta vie à la sienne, je te donne ma bénédiction. Et si tu renonces à lui, tu as aussi mon soutien le plus total. Seul ton bonheur compte pour moi. Même si tu préfères tourner le dos aux fastes du palais et retrouver notre petite maison. Tu seras toujours accueillie à bras ouverts.
America, je sais que tu manques de confiance en toi, mais il va falloir que cela change. Nous te rabâchons depuis des années, sur tous les tons, que tu es bourrée de talent, mais tu y as cru une fois que tu as compris que ta voix et ta maîtrise du violon t'assuraient l'admiration des autres – et des revenus réguliers. Comme si, du jour au lendemain, tu prenais conscience de ta valeur. Et c'est la Sélection qui t'a fait prendre conscience de ta beauté, malgré nos compliments répétés.
Tu ferais une excellente princesse, America. Tu es pleine de bon sens, de bonne volonté et d'humanité. L'humanité, c'est une qualité primordiale chez un dirigeant, crois-moi. Si tu veux la couronne, America, prends-la. Tu la mérites.
Et pourtant… si tu refuses un fardeau pareil, jamais je ne te le reprocherai. Tu seras toujours ma petite America.

Ton père qui t'aime

Des larmes silencieuses coulent le long de mes joues. Papa me juge capable d'être princesse. C'est bien le seul. Il y a Nicoletta, aussi…

Nicoletta !

— Elle se repose, voilà tout. Il y a un Bulletin ce soir, elle veut être au mieux de sa forme. Et elle a raison. Il n'est même pas dix heures et j'ai les paupières qui se ferment toutes seules.

— Oui, on devrait toutes faire une sieste, conclut Natalie d'une voix lasse.

Une femme de chambre fait son entrée, chargée d'un plateau en argent, aussi discrète qu'une souris.

— Attendez, lance Kriss. Vous croyez qu'ils vont mettre les réceptions au sommaire du Bulletin ?

— C'était débile, cette idée, s'agace Celeste. Toi et America, vous avez été favorisées.

— Tu plaisantes, j'espère ? Parce que tu ne sais…

Kriss s'interrompt lorsque la femme de chambre se matérialise à ma gauche et me présente, sur le plateau, un petit papier plié en deux. Je sens les yeux des filles peser sur moi tandis que je lis la missive qui m'est destinée.

— Maxon ? demande Kriss en feignant l'indifférence.

— Oui.

— Qu'est-ce qu'il a écrit ?

— Qu'il veut me voir.

— On dirait qu'America va passer un mauvais quart d'heure, s'amuse Celeste.

— Il n'y a qu'un seul moyen de s'en assurer.

Et je me laisse guider par la femme de chambre à l'extérieur du Boudoir. Derrière moi, la conversation se poursuit.

— J'espère bien qu'il va la dégager, grogne Celeste.

— Tu crois ? lance Natalie, un peu trop contente.

Maxon m'attend dans le couloir et je m'approche de lui d'une démarche timide. Il a l'air tendu, sans être contrarié pour autant.

— Alors ?

Il m'offre son bras.

— Nous n'avons qu'un quart d'heure. Ce que je vais vous montrer, vous devez n'en parler à personne. Est-ce clair ? Suivez-moi.

Nous gravissons l'escalier à toute vitesse, jusqu'au deuxième étage. Maxon me guide dans le couloir et se poste bientôt devant une porte blanche.

— Un quart d'heure, me rappelle-t-il.

— Un quart d'heure.

Il sort une clef de sa poche, déverrouille la porte et me la tient ouverte. La pièce dans laquelle je pénètre est vaste et lumineuse ; le soleil entre à flots par les nombreuses fenêtres et une baie vitrée ouvre sur un immense balcon. Le mobilier se résume à un lit, une armoire et une table avec ses chaises. Pas de tableaux aux murs, pas de bibelots sur les étagères… même la peinture est ternie.

— Voici les appartements de la princesse d'Illeá, déclare Maxon.

J'écarquille les yeux.

— Rien de spectaculaire pour l'instant. La princesse est censée la décorer selon ses goûts et quand ma mère a été couronnée reine, cette pièce a été vidée, puis abandonnée à la poussière.

La reine Amberly a dormi ici. Il y a quelque chose de magique dans ce lieu.

— Vous apercevez la terrasse derrière la baie vitrée. Par ici – cette porte s'ouvre sur le bureau personnel de la princesse. Et celle-là offre un accès direct à ma chambre. Il faut que le prince garde un œil sur sa promise à toute heure.

Je rougis jusqu'au blanc des yeux à la simple idée de dormir à quelques mètres de Maxon.

Il se plante à côté de l'armoire.

— Derrière ce meuble se trouve le passage secret qui mène au refuge, en cas d'attaque, et à plusieurs autres endroits. Je vais d'ailleurs vous montrer cela tout de suite.

Maxon place alors la main sur un mécanisme caché et l'armoire pivote sur son axe, entraînant avec elle un pan de mur. Je le vois esquisser un sourire de satisfaction.

— Pile à l'heure, dit-il.

— Je ne raterais ça pour rien au monde, répond une autre voix.

Je reconnaîtrais cette voix entre mille, mais je dois avoir des hallucinations auditives. Je contourne l'armoire, curieuse de découvrir ce qui rend Maxon si joyeux, et je me retrouve nez à nez avec Marlee. Une Marlee vêtue d'une robe toute simple, et coiffée d'un chignon.

— Aucune idée. D'un côté, je me dis que c'est une bonne chose. Elle serait plus à sa place au palais et, s'il l'apprécie vraiment, je lui souhaite beaucoup de bonheur. Il doit éliminer l'une d'entre nous d'ici peu. Quand il m'a convoquée tout à l'heure, j'ai d'ailleurs cru que c'était fini.

— Tu racontes n'importe quoi. Si Maxon n'avait pas de sentiments pour toi, il t'aurait renvoyée il y a des lustres. Si tu es encore là, c'est qu'il refuse de perdre espoir. J'aimerais papoter avec toi toute la nuit, America, mais il faut que j'y aille. Les gardes vont reprendre leur ronde…

— Ce n'est que partie remise. L'essentiel, c'est de savoir que tu vas bien.

— Ne baisse pas les bras, d'accord ?

— D'accord. Tu veux bien m'envoyer une petite lettre ou me faire un coucou d'ici quelques jours ?

— Je vais essayer, America. Tu sais, si les sondeurs m'avaient interrogée, j'aurais voté pour toi. Je parie sur toi depuis le début.

— Allez, va-t'en. Salue ton mari de ma part.

— Je n'y manquerai pas.

Elle s'approche de l'armoire à petits pas et actionne à son tour le mécanisme. Je la trouve plus forte à présent ; le châtiment ne l'a pas brisée, bien au contraire. Même sa façon de se tenir est différente. Elle m'envoie un baiser et disparaît dans un couloir obscur.

Je quitte la chambre en toute hâte. Maxon m'attend à l'extérieur. Lorsqu'il entend la porte s'ouvrir, il délaisse son livre et je vais m'asseoir près de lui.

— Pourquoi ne m'avez-vous rien dit ?

— Il fallait d'abord qu'ils soient totalement en sécurité. Mon père n'est pas au courant, je voulais les mettre à l'abri du danger. J'espère pouvoir vous arranger des tête-à-tête réguliers, mais cela va prendre un certain temps.

— Merci.

— Je vous en prie.

Je me tais, à court d'arguments. Maxon finit par s'éclaircir la voix.

— America, je sais que vous n'appréciez guère les mauvais côtés de cette fonction, mais je vous demande de considérer les nombreuses opportunités qui se présentent ici. Je vous crois capable de grandes choses. N'oubliez pas qu'avant d'être prince, je suis votre ami.

— J'en ai bien conscience...

— Vous êtes devenue une énigme. Au début, quand je ne représentais rien pour vous, j'arrivais encore à vous déchiffrer ; lorsque les choses ont changé entre nous, vous m'avez considéré d'un œil différent. À certains moments, j'ai l'impression que rien n'a changé entre nous, à d'autres, que vous n'êtes déjà plus là.

« Je ne vous demande pas de me garantir votre amour, poursuit Maxon. Je ne vous demande pas de vouloir devenir princesse du jour au lendemain. Ce que je veux savoir, c'est si vous souhaitez rester au palais.

— Si vous acceptez de me garder, je reste.

Maxon pousse un soupir de soulagement.

— J'accepte très volontiers.

Je retourne au Boudoir après un crochet rapide par une salle d'eau, où j'essuie mes larmes et mets de l'ordre dans mon apparence. Personne ne souffle mot tant que je ne suis pas assise, et c'est Kriss qui trouve le courage nécessaire pour briser le silence.

— Alors, raconte !

— Je préfère ne pas en parler.

Avec mes paupières bouffies, je donne l'impression que mon face-à-face avec Maxon a débouché sur un désastre ; si cela peut protéger Marlee, je suis prête à tous les mensonges.

Ce qui produit sur moi l'effet d'une gifle, c'est le petit sourire en coin que cherche à dissimuler Celeste, les sourcils en accents circonflexes de Natalie qui fait mine de lire un magazine et le regard plein d'espoir qu'échangent Kriss et Elise.

La compétition est plus féroce que je ne l'imaginais.

21.

On nous épargne l'humiliation de découvrir les retombées des deux réceptions pendant le Bulletin du Capitole. Les visites des délégations sont mentionnées brièvement, mais ce qui s'est passé en réalité n'est pas révélé au public. Ce n'est que le lendemain matin que Silvia vient commenter et noter nos talents d'organisatrices, accompagnée de la reine.

— C'était une tâche très ardue que nous vous avons confiée. Je suis ravie de vous apprendre que les deux équipes s'en sont sorties avec brio.

Soulagement collectif. Je serre la main de Kriss dans la mienne. Même si j'ignore ce qui se trame entre elle et Maxon, jamais je n'aurais pu y arriver sans son aide.

— En toute franchise, ajoute Silvia, l'un des événements était plus réussi que l'autre, mais cela n'enlève rien à votre succès. Nos amies de la Fédération germanique nous ont envoyé leurs remerciements. Il y a eu quelques petits impairs et cette ambiance un peu compassée n'est pas vraiment à notre goût, mais nos invitées étaient ravies.

« Grâce à Kriss et America, les déléguées italiennes ont vécu un moment mémorable. Votre tenue et les mets servis leur ont fait grande impression ; et elles nous ont demandé quel vin a accompagné le repas, alors bravo ! Je ne serais pas surprise d'apprendre qu'Illeá s'est gagné un nouvel allié. Je vous félicite donc.

Kriss pousse des petits cris de joie, quant à moi je lâche un rire nerveux.

Silvia nous explique alors qu'elle va rédiger un compte rendu destiné au roi et à Maxon, un compte rendu prétendument sans incidence. C'est alors qu'une domestique déboule dans le Boudoir et chuchote quelque chose à l'oreille de la reine.

— Mais très certainement, lui répond la reine, qu'ils entrent !

La petite bonne va ouvrir la porte et s'efface pour laisser entrer le roi et Maxon. L'accès au Boudoir est interdit à la gent masculine, sauf autorisation expresse de la reine, et je trouve cette scène assez comique.

Nous nous mettons debout pour les saluer, mais ils ne s'embarrassent pas de formalités.

— Chères amies, nous sommes navrés de vous imposer notre présence, mais nous avons une annonce urgente à vous faire, déclare le roi.

— Je crains que la violence en Nouvelle-Asie ne soit montée d'un cran, enchaîne Maxon. Notre présence, à père et à moi, y est requise dans les plus brefs délais.

— Que se passe-t-il ? s'inquiète la reine.

— Il n'y a pas de quoi s'alarmer, ma chère, lui répond son mari d'une voix assurée.

Maxon s'approche de sa mère. Ils échangent quelques mots à voix basse, elle dépose un baiser sur son front, il la serre contre lui et vient nous dire au revoir pendant que le roi déroule une liste d'instructions à son épouse.

Les adieux de Maxon à Natalie sont si expéditifs que ce ne sont pas des adieux à proprement parler. Natalie n'a pas l'air de s'en préoccuper. Celeste, quant à elle, se jette dans ses bras et se met à verser des larmes de crocodile qui ne dupent personne. Lorsqu'il tente de se libérer de son étreinte, elle l'embrasse à pleine bouche et il s'essuie les lèvres – aussi poliment que possible – aussitôt le dos tourné. Lorsqu'il s'approche d'Elise, il choisit l'angle de l'humour :

— Appelez vos proches pour leur demander de ne pas être trop durs avec nous.

C'est vrai qu'elle a de la famille en Nouvelle-Asie – c'est d'ailleurs ce qui lui a assuré sa place dans la Sélection. Peut-être le conflit va-t-il fragiliser sa position.

— Si vous voulez bien mettre un téléphone à ma disposition, je ne manquerai pas de contacter mes parents, promet-elle.

Maxon lui fait un baisemain avant de se tourner vers Kriss, qui entremêle ses doigts aux siens.

— Ce sera dangereux ? demande-t-elle d'une voix chevrotante.

— Je l'ignore. Au cours de notre dernier déplacement, la tension n'était pas à son comble. Cette fois-ci, je ne peux rien dire.

Kriss lève les yeux au plafond et, une fraction de seconde, Maxon coule un regard vers moi. Je détourne la tête, gênée. C'est une conversation qu'ils devraient avoir en privé.

— Soyez prudent, murmure-t-elle tandis qu'une larme roule sur sa pommette.

— Bien sûr, très chère.

Maxon lui adresse un petit salut comique, dépose un baiser sur sa joue et lui chuchote à l'oreille :

— Essayez de divertir ma mère. Elle va se faire un sang d'encre.

À l'instant où le prince se détache d'elle, un spasme parcourt le corps de Kriss. En se cachant le visage entre ses mains, elle trahit l'étendue de ses sentiments. Maxon s'écarte d'un pas, à contrecœur, et se dirige résolument vers moi. Je tente de décrypter l'expression qu'affichent ses traits lorsqu'il s'adresse à moi. Était-il plus démonstratif avec Kriss ? Plus chaleureux ?

— Tâchez d'éviter les ennuis en mon absence, d'accord ? plaisante-t-il.

— Je vous promets d'être sage comme une image.

— Voilà qui me rassure.

— Et nous ? Faut-il s'inquiéter pour vous ?

— Nous devrions être capables d'arrondir les angles. Père est très bon diplomate et...

— Je parlais de vous, plus précisément, pas de la situation géopolitique.

Maxon se racle la gorge.

— Ce ne sera qu'un aller-retour. Si l'avion parvient à atterrir... America, avant mon départ... je veux que vous sachiez...

— Maxon ! aboie le roi. Il est l'heure.

— Au revoir, America.

Il porte ma main à ses lèvres et remarque, dans le même geste, le petit bracelet fabriqué par mes soins avec le bouton d'Aspen. Il l'étudie un instant, décontenancé, avant de m'offrir un tendre baiser.

Les filles suivent le roi et le prince du regard tandis qu'ils quittent le Boudoir mais moi, je scrute la reine. Elle semble brisée. Le départ précipité des hommes de sa famille l'a manifestement anéantie. À la seconde où la porte se referme, elle cligne des yeux, prend une profonde inspiration et se redresse de toute sa hauteur.

— Pardonnez-moi, mesdemoiselles, mais ce nouveau développement va exiger de moi un travail énorme. Je vais prendre congé et me rendre tout de suite dans mon bureau. Je vous propose de vous faire servir le déjeuner dans vos chambres respectives, nous nous retrouverons au dîner.

Nous acceptons toutes d'un signe de tête.

— Très bien, lance-t-elle avant de tourner les talons.

Je sais qu'elle est forte. Elle a grandi dans une province pauvre, elle a travaillé dans une usine avant de remporter la Sélection. Une fois reine, elle a multiplié les fausses couches avant de donner le jour à Maxon. Elle ne se démontera pas en public, sa position le lui interdit. Mais, dans l'intimité de son bureau, elle s'abandonnera aux larmes.

Celeste décide de regagner sa chambre et je choisis de faire de même, afin de trouver une solitude propice à la réflexion. Je me pose toujours des questions sur Kriss. Comment a-t-elle réussi à se rendre indispensable à Maxon en si peu de temps ? Il n'y a pas si longtemps, il me jurait un amour éternel… Difficile de comprendre ce qui a motivé pareille volte-face.

La journée s'écoule à toute vitesse et, après le dîner, mes femmes de chambre viennent me préparer pour le coucher. Une remarque anodine lancée par Anne, qui me brosse les cheveux, me tire de mes pensées.

— Savez-vous qui j'ai surpris dans votre chambre ce matin, mademoiselle ?

— Qui ça ?

— L'officier Leger.

— Tiens donc ?

— Oui, ajoute Lucy, troublée. Il nous a expliqué qu'il inspectait votre chambre. Pour assurer votre sécurité.

— C'est quand même très bizarre. Il était en civil, pas en uniforme. Il ne devrait pas travailler pendant son temps libre.

— Il doit être très dévoué à la famille royale.

— Oui, c'est certain, me répond Mary. Chaque fois que je le croise, il ne laisse rien échapper. C'est un très bon soldat.

— En effet. Certains des soldats qui travaillent ici ne sont pas assez compétents.

— Et il est bel homme en civil. La plupart des gardes, dès qu'ils quittent leur uniforme, ils ne ressemblent à rien, commente Lucy.

Mary glousse avant de devenir écarlate, et même Anne ne peut retenir un sourire. Cela fait longtemps qu'elles ne m'ont pas paru aussi détendues. Un autre jour, je pourrais trouver hilarant d'échanger des potins sur les gardes, mais pas aujourd'hui. Ce soir, je n'arrive à penser qu'à une seule chose : si Aspen est venu ici, c'était pour me laisser une lettre. Je dois me faire violence pour ne pas inspecter le contenu de mon bocal.

Lorsque mes femmes de chambre me laissent – enfin ! – seule, au bout d'une éternité, je récupère mon bocal sur ma table de chevet et j'y plonge la main. Aussi sûr que deux et deux font quatre, un petit billet m'attend à l'intérieur.

Maxon est parti. Cela change tout.

22.

Je suis à la lettre les instructions qu'Aspen m'a transmises hier soir et je m'introduis dans une pièce éclairée par le faible crépuscule qui filtre à travers les voilages en mousseline.

— Tu es là ?

À peine ai-je refermé la porte derrière moi qu'Aspen me cueille dans ses bras. Même dans la pénombre, la joie qui s'affiche sur ses traits est indéniable.

— Ce que tu m'as manqué, America !

— Toi aussi, tu m'as manqué. J'étais tellement occupée avec cette réception, j'ai à peine eu le temps de souffler.

— Je suis content que ce soit fini. Tu as trouvé sans problème ?

— Aspen, tu es trop bon pour le poste que tu occupes.

Son idée pour que nous nous retrouvions discrètement était d'une simplicité enfantine. Comme la reine ne régit pas le palais avec la même poigne que le roi, ou qu'elle a les idées ailleurs, la discipline s'est relâchée. Quoi qu'il en soit, elle nous a laissé le choix pour le dîner : soit on nous le livre dans notre chambre, soit nous descendons dans la Salle des Banquets. J'ai dit à mes femmes de chambre que je me rendais dans la salle à manger commune mais je me suis contentée de traverser le couloir et de m'introduire dans la chambre qu'occupait Bariel. D'une simplicité enfantine, vraiment.

Aspen répond d'un sourire à mon compliment et me conduit vers le fond de la pièce, où il a empilé quelques coussins. Il m'invite à m'asseoir par terre.

— Tu es à l'aise ?

J'acquiesce de la tête. Il pousse alors un canapé dans l'axe de la porte, puis place une table au-dessus de moi, créant l'illusion d'une caverne. Il attrape ensuite un baluchon posé sur la table et vient me rejoindre.

— Presque comme à la maison, hein ?

C'est vrai, l'endroit est si douillet qu'on se croirait dans notre petite cabane. Comme si Aspen avait réussi à redonner vie au passé.

— C'est encore mieux qu'à la maison.

Je me blottis contre lui, il me caresse les cheveux. Nous restons assis un long moment, en silence, et je me concentre sur la respiration d'Aspen. C'est mon jumeau, mon double. Il a répondu à tous mes désirs en recréant cette bulle.

— À quoi tu penses, Ame ?

— À beaucoup de choses. À la maison, à toi, à Maxon, à la Sélection, à tout.

— Et qu'est-ce que tu en conclus ?

— Que je m'y perds. Il suffit qu'il y ait un changement quelconque pour que mes certitudes volent en éclats.

— Tes certitudes à mon égard volent en éclats ?

— Non ! Au contraire, tu es le seul fil rouge L'amour que j'ai pour toi se retrouve à l'arrière-plan, à cause de tout ce qui m'arrive, mais je sais qu'il est toujours là. Est-ce qu'il y a une logique dans ce que je dis ?

— Oui. Ma présence rend les choses encore plus compliquées, je m'en rends bien compte. Content d'apprendre que je suis encore dans la course.

—Je ne nous ai pas oubliés.

— Parfois j'ai l'impression que Maxon et moi, on vit chacun notre version de la Sélection. À la fin du processus, l'un de nous réussira à te conquérir. Comme Maxon ne sait pas que nous sommes rivaux, il risque de faire moins d'efforts. Moi, en revanche, je dois agir dans l'ombre, et je n'ai pas ses moyens faramineux.

— Tu ne devrais pas voir les choses sous cet angle.

— Et quel angle tu me conseilles ?

— Laisse tomber.

— Très bien. De toute façon, je n'aime pas parler de lui. Et tes autres soucis, alors ?

— Dis-moi, cela te plaît, d'être soldat ?

— Beaucoup. Je pensais que j'aurais du mal à m faire, mais c'est génial. Les bons côtés, tout le monde les connaît : je ne manque de rien, on nous nourrit bien. Et il y a les injections, aussi. Mais ce n'est pas un problème. Et je touche une solde, même si tous mes besoins sont déjà comblés.

Il ouvre son baluchon et en sort une orange.

— Tu sais combien c'est agréable d'envoyer de l'argent à sa famille, ajoute-t-il.

Il pense à sa mère, à ses six frères et sœurs. C'est lui plus que jamais qui fait bouillir leur marmite.

— Mais il y a d'autres choses qui m'ont surpris, aussi, reprend-il. J'aime beaucoup la discipline, la routine. Ça me plaît de savoir que je sers à quelque chose. Je me sens… utile. Je sais que c'est ma vocation.

— Alors c'est vrai ? Ça te plaît ?

— Totalement.

— Mais tu n'aimes pas Maxon. Et tu n'aimes pas la façon dont Illeá est gouverné. On en parlait déjà à la maison. Je sais que tout cela te rend furieux.

— C'est la cruauté du système que je n'accepte pas.

— Dans ce cas, comment peux-tu protéger ce système ? Et lutter contre les Renégats pour défendre le roi et Maxon ? Ce sont pourtant eux, les responsables de ce qui te révolte tant.

— Ça n'est pas très logique, je sais, mais… bon, comme je te l'ai dit, il y a le sentiment d'être utile. D'assumer ses responsabilités, de relever un défi, de voir plus loin. Peut-être bien que le système d'Illeá n'est pas parfait. Mais je garde espoir. J'ai la sensation que les choses se sont améliorées ces derniers temps. Et qu'elles vont encore s'améliorer à l'avenir.

« Et peut-être que tu vas trouver ça grotesque, mais c'est mon pays. Tout ne fonctionne pas bien, c'est sûr, mais cela ne donne pas le droit à ces anarchistes de venir faire main basse dessus. C'est mon pays, point barre. Tu me trouves cinglé ?

— Pas du tout. Ça me paraît tout à fait raisonnable.

— Ça t'aide à démêler toutes les questions que tu te poses ?

— Oui.

— Tu veux m'en parler ?

— Pas encore.

— On s'est mis dans de beaux draps, hein ?

— Et comment.

— Je me dis parfois qu'on ressemble à un nœud, trop serré pour être délié.

— C'est vrai. Je suis liée à toi pour toujours. Je me sens perdue sans toi.

— Il va falloir qu'on reste noués, alors.

Aspen m'embrasse délicatement, comme s'il avait peur de me briser. Peut-être a-t-il raison. Avec des gestes d'une lenteur exaspérante, il m'étend sur les coussins et s'accroche à moi, sans décoller ses lèvres des miennes.

Je glisse mes doigts dans ses cheveux coupés ras, me remettant en mémoire ses boucles épaisses. Ses bras sont beaucoup plus vigoureux qu'autrefois, avec des muscles d'acier. Même la façon dont il me serre contre lui a changé. On sent une nouvelle confiance en lui, une assurance qui vient de son statut récemment acquis.

L'heure des adieux arrive, trop vite, et Aspen m'accompagne à la porte. Il m'embrasse une dernière fois.

— Je vais essayer de te faire parvenir un petit mot très bientôt.

— Je vais m'armer de patience.

Je regagne ma chambre et, tandis que mes femmes de chambre s'affairent, j'ai l'esprit ailleurs. À une époque, j'aurais résumé la Sélection à un choix très simple : Maxon ou Aspen. Ce choix a fini par entraîner une myriade de questions. Suis-je une Cinq ou une Trois ? Serai-je femme de soldat ou épouse de roi ? Retrouverai-je le confort de l'anonymat ou me forcerai-je à me tenir la tête haute sous les projecteurs ? Parviendrai-je à ne pas déverser ma haine sur celle qui partagera la vie de Maxon si je choisis Aspen ? Ou sur celle qui partagera la vie d'Aspen dans le cas contraire ?

Lorsque j'éteins la lampe, je me rappelle que personne ne m'a contrainte à venir au palais. C'est de mon plein gré que j'ai rempli le formulaire qui m'a ouvert les portes de la Sélection.

Je vais braver la tempête qui s'annonce. Advienne que pourra.

23.

J'adresse une révérence à la reine à l'instant où je franchis le seuil de la Salle des Banquets, mais elle ne remarque même pas ma présence. Du regard, j'interroge Elise, la première arrivée ; elle se borne à hausser les épaules. Je m'installe à ma place quand Natalie et Celeste nous rejoignent ; la reine ne leur prête aucune attention. Kriss vient ensuite s'asseoir près de moi. La reine semble être dans son monde, aux antipodes du nôtre ; elle fixe le plancher d'un air absent, jette de temps en temps des coups d'œil incrédules aux chaises qu'occupent d'ordinaire son époux et son fils.

Les majordomes nous servent le petit déjeuner et toutes les filles se jettent sur leur fourchette. Toutes sauf Kriss, préoccupée. Je lui chuchote à l'oreille :

— Tu sais ce qui se passe ?

— Elise a appelé ses parents pour leur demander de réserver un accueil chaleureux à Maxon et au roi une fois qu'ils atterriraient en Nouvelle-Asie. Ses parents lui ont dit qu'ils ne sont jamais arrivés...

— Comment ça, jamais arrivés ?

— Ce qui m'échappe, c'est que le roi a téléphoné après leur atterrissage, il a discuté avec la reine Amberly, Maxon aussi. Ils vont bien, ils lui ont indiqué qu'ils étaient bien en Nouvelle-Asie. Ce qui contredit les parents d'Elise.

— Tu y comprends quelque chose, toi ?

— Non. Ils confirment qu'ils sont sur place, mais personne ne les a vus. Ça n'a aucun sens.

— Non, aucun.

— Je voudrais aussi te parler d'autre chose, murmure Kriss. On pourrait aller se promener dans les jardins après le petit déjeuner ?

— Bien sûr.

Nous avalons notre repas en quelques secondes. Si Kriss veut me parler dehors, loin de certaines oreilles, c'est qu'elle compte sur ma discrétion. La reine ne se préoccupe pas de notre départ.

Le soleil déverse sa douce lumière sur les parterres fleuris. Les yeux fermés, je lui présente mon visage.

— Voilà longtemps que je n'ai pas flâné ici.

— D'habitude tu viens avec Maxon, pas vrai ?

— En effet... Alors, de quoi voulais-tu me parler ?

Kriss s'arrête à l'ombre d'un arbre.

— Je crois qu'on devrait faire le point sur Maxon.

— Maxon ?

— Je t'avoue que je m'étais préparée à perdre la Sélection. Comme toutes les autres, à part Celeste. Cela sautait aux yeux, America. C'était toi que Maxon avait choisie. Puis il y a eu Marlee, et tout a changé.

— Tu veux me présenter tes excuses parce que tu as pris ma place, c'est ça ?

— Non ! Maxon tient beaucoup à toi. Je ne suis pas aveugle. Tout ce que je veux dire, c'est que nous sommes au coude à coude en cet instant même. Je te trouve géniale et je ne veux pas que notre relation s'envenime, quel que soit le choix final.

— Donc, ce que tu me proposes…

— Je te propose d'être complètement honnête avec toi par rapport à ma relation avec Maxon. Et j'espère que tu feras de même.

Les bras croisés, je lui pose la seule question qui me brûle les lèvres depuis plusieurs jours.

— Quand êtes-vous devenus si proches ?

Le regard rêveur, Kriss joue avec une mèche de cheveux.

— Juste après l'épisode avec Marlee, je crois. Cela va te paraître stupide, mais je lui ai fait parvenir une carte, pour lui dire que je pensais à lui, que je le soutenais. C'est ce que je faisais toujours, chez moi, quand un de mes amis était frappé par un coup dur. Il m'a dit que j'étais la seule Sélectionnée à lui avoir offert un cadeau. Il était si content qu'il m'a demandé de rester avec lui dans sa chambre et…

— Tu as vu sa chambre ?

— Oui, pas toi ?

Mon silence vaut toutes les réponses.

— Eh bien, tu n'as rien raté. Elle est sombre, il y a une collection d'armes et tout un tas de photos accrochées au mur. Rien de spécial. En tout cas, après, il a commencé à venir me voir chaque fois qu'il avait un peu de temps libre. C'est arrivé assez vite, même.

— C'est ce qu'il m'a dit. Il m'a confié, en passant, que nous lui sommes toutes les deux indispensables.

— Alors… tu es certaine qu'il t'apprécie encore ?

— Kriss, tu veux vraiment entendre ça ?

— Oui ! J'aimerais savoir où je me trouve. Et je vais répondre à tes questions, si tu en as. Ce n'est pas parce que nous n'avons aucune influence sur la Sélection que nous devons la subir.

— Je suis à peu près certaine qu'il veut que je reste encore un peu. Mais ça vaut pour toi aussi.

— J'en suis arrivée à la même conclusion.

— Dis, il t'a embrassée ?

— Non, mais je pense qu'il aurait tenté sa chance si je n'avais pas calmé ses ardeurs. Dans ma famille, on a une tradition : on ne s'embrasse pas tant qu'on n'est pas fiancés. On organise une grande fête lors de laquelle on annonce la date du mariage, et on échange son premier baiser devant toute la famille. C'est ce que je veux avec Maxon.

— Mais il a essayé ?

— Non. Il me fait souvent le baisemain, ou des fois il m'embrasse sur la joue. Je trouve ça mignon. Il t'a embrassée, toi ?

— Plus ou moins. C'est difficile à expliquer.

— Ne dis pas n'importe quoi. Il t'a embrassée ou pas ?

— C'est compliqué.

— America, on perd notre temps. Je suis venue ici dans le but d'être honnête avec toi. J'aimerais que la réciproque soit vraie !

— J'ai très envie d'être ton amie, Kriss. Je pensais que c'était déjà le cas.

— Moi aussi.

— C'est difficile pour moi de dévoiler mon intimité, tout simplement. Et j'apprécie ta franchise, mais je n'ai pas envie de tout savoir. Je sais déjà que Maxon a des sentiments pour toi, c'est évident. Mais j'ai quand même besoin d'une part de mystère.

— Je comprends. Accepterais-tu de me rendre un service malgré tout ?

— Bien sûr.

— Si tu découvres que Maxon ne veut plus de moi, est-ce que tu pourrais m'avertir ? Je ne connais pas la nature de tes sentiments mais moi, je l'aime. Et je te serais reconnaissante de me mettre au courant. Si c'est certain.

Elle l'aime. Elle l'a dit à voix haute, elle assume. Kriss aime Maxon.

— Je te le promets, Kriss.

— On pourrait peut-être se faire une autre promesse ? De ne pas nous faire de sales coups ? Je ne veux pas gagner de cette manière-là, et tu n'as pas cette mentalité non plus.

— Tu me prends pour Celeste ? Je te promets d'être loyale.

— Parfait.

Kriss s'essuie les yeux d'un petit geste discret et défroisse sa robe. Je la vois déjà avec la couronne sur la tête, cela lui irait comme un gant.

— Il faut que j'y aille, Kriss. Merci d'avoir été franche avec moi.

— Merci d'être venue. Excuse-moi si j'ai été trop indiscrète.

— Pas du tout. À plus tard.

— À plus tard.

Je tourne les talons, aussi vite que l'autorise la politesse, et je regagne le palais. Une fois à l'intérieur, j'accélère le pas, tant j'ai hâte de retrouver ma chambre, mon havre de paix. En remontant le couloir, je remarque un papier par terre, qui détonne avec l'ordre qui y règne habituellement. Peut-être m'est-il adressé ? Pour m'en assurer, je le ramasse et je le lis aussitôt.

Une autre attaque rebelle ce matin, cette fois-ci à Paloma. Bilan : plus de trois cents morts, sans compter les blessés. La principale exigence semble être, à nouveau, de mettre un terme à la Sélection et d'assécher la lignée royale. Dites-nous la marche à suivre.

Me voilà glacée jusqu'aux os. Le petit mot n'est pas daté. Une autre attaque ce matin ? Même si ce message remonte à plusieurs jours, il signifie que les attaques se multiplient. Et les Renégats exigeraient, « à nouveau », que s'achève la Sélection. C'est donc cela, la motivation des récentes attaques ? Essaient-ils de se débarrasser de nous ? Les factions du Nord comme celles du Sud ?

Je ne sais pas quoi faire. Ce petit mot ne m'est pas destiné, donc je ne peux en parler à personne. Je décide de laisser le papier par terre. Avec un peu de chance, un garde va passer par ici, le ramasser et le transmettre à qui de droit.

Croisons les doigts.

24.

Les deux jours suivants, je prends tous mes repas dans ma chambre et j'évite Kriss jusqu'au dîner du mercredi. Nous échangeons alors un sourire discret mais je n'arrive pas à entamer la conversation, trop embarrassée. Je regrette presque de l'avoir comme voisine, de ne pas être assise en face d'elle, entre Celeste et Elise. Presque.

Juste avant l'arrivée du dessert, Silvia déboule dans la salle sur ses talons aiguilles. Bâclant sa révérence, elle s'approche de la reine et lui chuchote quelques mots à l'oreille.

La reine pousse alors un petit cri et quitte la salle à pas précipités, Silvia dans son sillage.

— Est-ce que quelqu'un sait ce qui se passe ? demande Celeste, étonnamment inquiète.

— Tu crois qu'ils sont blessés ? s'alarme Elise.

— Oh non…

— Ne t'inquiète pas, Kriss. Sers-toi du gâteau, suggère Natalie.

— Et s'ils ont été pris en otages ?

— Ce n'est pas le genre des Asiatiques, de prendre des otages, s'insurge Elise.

— Et si leur avion s'était écrasé ? murmure Celeste.

Elle lève la tête et je suis surprise de voir une peur authentique déformer ses traits. Cela suffit pour nous réduire au silence.

Et si Maxon était mort ?

La reine Amberly revient, toujours flanquée de Silvia, et nous la dévisageons. À notre grand soulagement, elle rayonne.

— Bonne nouvelle, mesdemoiselles. Le roi et le prince nous rejoignent dès ce soir !

Natalie bat des mains, Kriss et moi nous affaissons contre le dossier de notre chaise. Je n'avais pas remarqué à quel point j'étais tendue.

— Comme ces derniers jours ont été très intenses, reprend Silvia, nous avons pris la décision d'annuler toutes les célébrations importantes.

— Merci, ma chère Silvia, lui répond la reine. Pardonnez-moi, mesdemoiselles, mais le travail n'attend pas. Savourez votre dessert et passez une excellente soirée.

Elle quitte la pièce ; manifestement, elle est sur un petit nuage.

Kriss nous fausse compagnie quelques secondes plus tard. Peut-être qu'elle prépare une petite carte de bienvenue...

Je finis très vite mon assiette, impatiente de regagner mes quartiers. Tout en remontant le couloir qui y mène j'aperçois une femme de chambre – je la reconnais à son uniforme, coiffe blanche et jupe noire – qui se précipite vers l'escalier de service. C'est Lucy, qui m'a l'air d'être en larmes. Je découvre aussi que ma porte est restée grande ouverte. Anne et Mary se disputent et leurs voix exaspérées se déversent dans le couloir.

— ... pourquoi te sens-tu obligée d'être aussi dure avec elle ? se lamente Mary.

— Qu'est-ce que j'étais censée lui répondre ? Que tout lui est dû ? rétorque Anne.

— Oui ! Ça t'arracherait la langue de dire que tu as confiance en elle ?

— Elle vise trop haut ! Je ne veux pas lui donner de faux espoirs !

— De faux espoirs ? Tu es aigrie, tout simplement !

— Quoi ?

— Aigrie ! Tu ne peux pas supporter qu'elle atteigne un but qui est hors de ta portée ! Tu as toujours méprisé Lucy parce qu'elle est arrivée au palais beaucoup plus tard que toi, et tu es jalouse de moi parce que je suis née ici. Essaie de faire la paix avec toi-même au lieu de l'écraser !

— Tu racontes vraiment n'importe quoi ! proteste Anne d'une voix chargée de larmes. C'est vraiment si terrible que je veuille m'en sortir ? J'ai bien conscience que mon poste est un honneur, je suis contente du travail que je fais ; mais je pense à mon avenir. Je veux un mari, je veux...

Elle est submergée par l'émotion. Mon cœur se brise en mille morceaux. Je souffle un bon coup, je calme mes nerfs et j'entre.

— Mademoiselle America, bredouille Mary en faisant une courbette maladroite.

Anne l'imite aussitôt. Du coin de l'œil, je remarque qu'elle essuie d'un geste fébrile les larmes qui roulent sur sa joue. Connaissant sa fierté, je préfère faire comme si ces larmes n'existaient pas et je vais me poster devant le miroir.

— Comment allez-vous ? m'interroge Mary.

— Je suis exténuée. Je crois que je vais me coucher tout de suite. Allez prendre un peu de repos, vous aussi. Je peux me débrouiller seule.

— Vous êtes sûre, mademoiselle ? demande Anne d'une voix empreinte d'espoir.

— Sûre et certaine. Revenez toutes demain.

Elles ne se le font pas répéter deux fois, et tant mieux. Je n'ai pas envie qu'elles s'agitent autour de moi, pas plus qu'elles n'ont envie, sûrement, de me materner alors qu'elles ont leurs propres soucis. J'arrive à enlever ma robe au prix d'un énorme effort, je m'étends sur mon lit et je pense à Maxon. Pour changer.

Je ne réussis même pas à saisir la nature de mes pensées. Elles sont changeantes, volatiles. Je me demande si lui aussi a pensé à moi durant son absence.

Je tourne et me retourne dans mon lit ; l'insomnie guette. À une heure du matin, je comprends enfin qu'il me sera impossible de fermer l'œil. J'allume ma lampe et je vais chercher à l'intérieur de mon tabouret le carnet de bord de Gregory Illeá, que j'ouvre à une page décrivant les événements de février.

Je trouve hautement comique la facilité avec laquelle je me suis emparé du pouvoir. Je devrais rédiger un jour un manuel sur l'art de renverser un gouvernement. J'encouragerais en priorité les dictateurs amateurs à amasser une fortune considérable.

Mais la fascination qu'exerce l'argent ne suffit pas. Il faut aussi faire preuve d'arrogance. Mon inexpérience en matière politique ne m'a pas empêché de nouer des alliances. En fait, je dirais que ma fraîcheur dans ce domaine a été l'un de mes principaux atouts. Plus personne n'accorde sa confiance aux hommes politiques, et c'est normal. Wallis a bercé le peuple de vaines promesses depuis des années en espérant que l'une se réalise par un coup de baguette magique. Moi, j'ai mieux à offrir. Aucune garantie, simplement cette lueur d'optimisme, l'attente d'un changement potentiel, quelle que

soit sa nature. Le découragement est trop grand ; les gens n'ont même plus la présence d'esprit de poser des questions. La clef est de rester calme dans la tempête. Wallis, qui est universellement haï, m'a confié volontiers la présidence et personne ne s'en plaint pour l'instant. Je ne dis rien, je ne fais rien, je plaque sur mon visage un sourire de circonstance. Et je présente toujours mieux que les trouillards du gouvernement derrière un micro, ou en train d'échanger une poignée de main avec un ministre étranger. Wallis a besoin d'un homme populaire à ses côtés. Il suffira de deux ou trois accords négociés en secret pour que j'accapare le pouvoir.
Ce pays m'appartient. J'ai la sensation d'être un petit garçon qui attend avec impatience la venue du Père Noël, certain qu'il va être comblé de cadeaux. Je suis plus malin, plus riche et plus compétent – aux yeux d'un peuple, en tout cas, qui m'adule inexplicablement. J'agis à ma guise, personne ne peut se dresser contre moi. À quoi va me servir tout ce pouvoir ? À détruire le système, car il est grand temps de le faire. Cette démocratie minable est déjà en ruines.
Une idée me vient à l'esprit. Elle ne va pas plaire à ma fille, mais je m'en fiche. Il est temps qu'elle se rende utile.

Je referme le journal, désarçonnée. Détruire le système ? Faire preuve d'arrogance ? Quelque chose m'échappe. L'image que j'avais de Gregory Illeá s'est fissurée. J'ai perdu mes repères. Un peu d'air frais va me remettre les idées en ordre, et je sors sur le balcon.

Je contemple le ciel étoilé, dans l'espoir d'y trouver une réponse à mes interrogations. Puis mon regard distrait vagabonde dans les jardins et finit par s'arrêter sur une tache blanche. Maxon se promène, seul. Il est rentré. Les pans de sa chemise sont sortis de son pantalon, il s'est débarrassé de sa veste et de sa cravate. Que fait-il dehors à une heure aussi tardive ? Je remarque qu'il tient un appareil photo à la main. Il doit souffrir d'insomnie, lui aussi.

J'hésite quelques instants, puis je me lance.

— Pssst !

Il lève brusquement la tête, cherchant qui peut l'appeler. J'agite le bras, un sourire surpris apparaît sur son visage et il m'imite. Je tire sur le lobe de mon oreille, il fait de même et me demande, d'un geste, de l'attendre. Je quitte le balcon, j'enfile ma robe de chambre et je me recoiffe hâtivement, afin de faire bonne impression. Je ne sais pas trop comment mettre sur le tapis le sujet qui me tracasse depuis que j'ai lu le journal de Gregory Illeá : Maxon sait-il qu'il est à la tête d'un système dictatorial, contrairement à ce que la propagande nous a appris ? À l'instant où je me demande ce qui le retient dans les couloirs, il frappe doucement à la porte.

Je suis accueillie sur le seuil par le flash de son appareil photo. Maxon immortalise mon sourire scandalisé. Il est fier de son coup, cela saute aux yeux.

— Vous êtes ridicule, Maxon. Venez ici.

Je l'attrape par le bras et je l'attire dans la chambre. Il m'obéit sans broncher et nous allons nous asseoir au bord du lit, l'un en face de l'autre.

— Excusez-moi. Je n'ai pas pu résister.

— Vous avez pris votre temps.

— Oui, j'ai dû faire un crochet par ma chambre.

— Alors, votre voyage ?

— Étonnant. Nous avons fini par nous rendre dans une région rurale de Nouvelle-Asie. Père m'a expliqué qu'il s'agissait d'une querelle très circonscrite ; le temps d'y arriver, tout était réglé. Honnêtement, je n'y comprends rien. Nous avons passé quelques jours à nous promener de ville en ville et à essayer d'échanger avec les habitants. Père est déçu que je ne maîtrise pas leur langue, il me demande d'étudier plus. Comme si je n'étais pas assez occupé !

— Étrange, en effet.

— À mon avis, c'était une sorte d'épreuve. Père n'en impose de très nombreuses ces derniers temps, et je m'en rends compte trop tard. Peut-être souhaitait-il m'apprendre à prendre une décision, ou à affronter l'inattendu. Je l'ignore. Quoi qu'il en soit, c'est un échec.

« Il voulait aussi me parler de la Sélection. La distance, d'après lui, me donnerait une certaine perspective. J'en ai assez que des gens prétendent influer sur une décision que je suis seul à prendre.

Je suis à peu près certaine que la « distance » préconisée par le roi, c'est une distance par rapport à moi. J'ai bien vu les sourires qu'il adresse aux autres filles pendant les repas pris en commun, ou la façon dont il les salue lorsqu'il les croise dans les couloirs. Quant à moi, il me bat froid. Instantanément, l'embarras m'envahit et je ne sais plus quoi répliquer.

Maxon reste muet, lui aussi. Il finit par s'éclaircir la voix et sort un bracelet de sa poche.

— Comme je l'ai dit, nous sommes passés dans plusieurs villes et j'ai repéré ceci dans une échoppe tenue par une vieille femme. Ce bijou est bleu, précise-t-il en décrivant l'évidence. Vous semblez aimer cette couleur.

— J'adore le bleu, vous voulez dire.

J'étudie le bracelet de perles, fascinée par son caractère précieux. Il y a quelques jours de cela, Maxon se baladait à l'autre bout du monde, il a vu cet objet dans une boutique… et il a pensé à moi.

— Je n'ai trouvé aucun cadeau pour les autres candidates, alors j'aimerais que cela reste entre nous. Vous n'êtes pas du genre à vous vanter, de toute façon.

Je passe un doigt sur les perles oblongues et Maxon agite le bracelet à la façon d'un hochet, ce qui provoque ma gaieté.

— Souhaitez-vous que je l'accroche à votre poignet ?

J'accepte d'un signe de tête et lui présente mon poignet – celui qui ne porte pas le gri-gri d'Aspen.

Les pierres froides effleurent ma peau et Maxon noue le ruban qui maintient les deux extrémités.

— Magnifique.

Soudain, sous l'effet conjugué de la fatigue et du stress, je fonds en larmes.

— America ? Qu'y a-t-il ?

— Je ne comprends pas.

— Qu'est-ce que vous ne comprenez pas ?

— Vous. Je ne sais plus quoi penser...

Je chasse une larme qui perle à mon œil et, d'un geste gracieux, Maxon essuie celles qui coulent sur ma joue. Sensation à la fois étrange et familière.

— America, si vous vous posez des questions à mon sujet, vous n'avez qu'à m'interroger, souffle-t-il avec une sincérité désarmante.

Je le supplie presque de tout m'avouer : s'il a l'intention d'épouser Kriss, s'il sait ce que contient le journal de Gregory Illeá, ce qui lui a fait penser à moi dans ce petit bracelet.

— Je ne sais pas si je suis prête.

— Je comprends. Enfin, je crois comprendre, mais il nous faudra avoir une discussion sérieuse très bientôt. Et quand vous serez prête, vous saurez où me trouver.

Sur ces paroles conciliantes, il récupère son appareil photo abandonné sur le lit et quitte ma chambre sans un mot.

Enfin seule.

25

— Des leçons particulières ? s'étonne Silvia. Plusieurs fois par semaine ?

— Absolument.

Pour la première fois depuis mon arrivée au palais, je me réjouis de pouvoir mettre Silvia à contribution. Je veux qu'elle m'enseigne les subtilités du protocole et du système politique d'Illeá, et je sais qu'elle ne pourra pas résister à cette demande. Si elle m'impose des tâches supplémentaires, tant mieux : cela me permettra de me changer les idées. Dans le protocole, la nuance n'existe pas. Pas de camaïeu de gris. Les étapes qui rythment l'élaboration d'une loi suivent un ordre précis que rien ne peut bousculer.

Silvia me dévisage, ahurie, puis se fend d'un sourire. Elle me prend dans ses bras et s'exclame :

— Formidable ! L'une d'entre vous saisit enfin l'importance de savoir ce qui se passe dans les coulisses ! Quand voulez-vous commencer ?

— Maintenant ?

— Je vais chercher quelques livres.

Je me consacre totalement à l'étude, puisant un réconfort dans les statistiques, les anecdotes et les dates dont Silvia me farcit la tête. Quand je n'assiste pas aux leçons qu'elle dispense, je passe des heures entières avec mes livres et mes manuels au Boudoir, concentrée et attentive. J'attends avec impatience notre prochain cours en commun.

Le jour venu, Silvia nous demande de noter sur une feuille de papier ce qui nous passionne, nos centres d'intérêt. J'inscris *ma famille, la musique,* puis, comme si ce mot devait être écrit noir sur blanc, *la justice.*

— Si je vous pose la question, c'est parce que la reine d'Illeá préside souvent une commission, une œuvre de charité quelconque. La reine Amberly, par exemple, a mis sur pied un programme qui encourage les familles à prendre soin de leurs proches handicapés, au lieu de les jeter à la rue. C'est un vrai problème de société. Les statistiques ont prouvé que sur les dix dernières années, son programme a permis de limiter le nombre d'abandons, et donc de limiter les tragédies individuelles.

— Nous sommes censées mettre au point un programme de ce genre ? demande Elise, nerveuse.

— Oui, ce sera votre nouvelle tâche. D'ici deux semaines, nous vous demanderons de présenter votre idée au cours du Bulletin.

Natalie lâche un petit cri, Celeste lève les yeux au ciel. Quant à Kriss, son enthousiasme déclenche instantanément mon inquiétude. L'élimination qui ne va pas tarder à nous tomber dessus me revient à l'esprit.

— Est-ce vraiment utile ? grogne Celeste. Je préférerais apprendre quelque chose qui nous servira dans notre quotidien.

— Bien sûr que c'est utile ! s'exclame Silvia. La prochaine princesse, que ce soit vous ou une autre, aura la charge d'une activité philanthropique.

Pour la première fois depuis longtemps, je perçois en moi une bouffée d'optimisme. Voilà un projet qui va me permettre de montrer ce qui me rend unique. Je suis résolue à m'investir et à proposer une structure suggérant une réelle avancée dans la société. Peut-être vais-je perdre, en fin de compte ; peut-être n'ai-je même pas envie de gagner. Mais je veux montrer que j'ai l'étoffe d'une princesse, et faire la paix avec la Sélection.

Et pourtant, malgré mes efforts, impossible de faire surgir la moindre idée originale. Je réfléchis, je lis, je gamberge. J'interroge mes femmes de chambre, qui n'ont pas d'idées elles non plus. J'aimerais chercher l'inspiration auprès d'Aspen, mais je suis sans nouvelles de lui depuis plusieurs jours. Il doit prendre un maximum de précautions depuis le retour de Maxon.

Le pire, c'est que Kriss se consacre corps et âme à son projet. Elle passe des heures entières à la bibliothèque et, les rares fois où elle se présente au Boudoir, elle a le nez dans un livre, ou elle griffonne fébrilement sur son carnet.

Catastrophe.

Le vendredi, le ciel me tombe sur la tête quand je me rends compte qu'il ne me reste plus qu'une semaine. Durant le Bulletin, Gavril annonce le sommaire de l'émission suivante, qui sera dédiée à la présentation de nos projets.

Après l'émission, j'attends Maxon dans ma chambre en faisant les cent pas. Il frappe enfin à la porte, un coup bref, puis se faufile à l'intérieur.

— America, comment allez-vous ?

— Pour être franche ? Je suis une boule de nerfs.

— Mon physique vous impressionne tant que ça ? me demande-t-il un léger sourire aux lèvres.

— Oui, vous m'éblouissez. En réalité, c'est ce projet caritatif qui m'angoisse.

— Je pourrais vous servir de répétiteur, si vous le souhaitez. Kriss m'a déjà présenté le sien.

— Maxon, je dois vous avouer que je suis en panne d'idées.

— Ah. Je comprends mieux votre angoisse. Dites-moi, qu'est-ce qui compte à vos yeux ? Il y a sûrement un problème humain qui vous touche plus particulièrement que les autres.

— J'y ai réfléchi toute la semaine, et rien.

— J'étais pourtant sûr que vous seriez la plus intarissable sur le sujet. Vous avez été témoin d'un nombre saisissant de drames.

— C'est certain, mais je ne sais pas comment insuffler une autre dynamique. C'est là que le bât blesse. Je n'ai rien oublié... Les Sept qui sont relégués au rang de Huit après s'être blessés à l'usine. Les filles qui bravent le couvre-feu pour se vendre à des hommes contre une bouchée de pain. Les enfants qui meurent de froid et de faim quand leurs parents se tuent au travail. Je me souviens de tout, comme si c'était hier. Mais je ne me sens pas capable de proposer une solution à tous ces problèmes.

— Vous n'avez pas tort, dit-il avant d'ajouter : Ce n'est vraiment pas la conversation que j'espérais ce soir.

— Et de quoi vouliez-vous parler ?

— De vous, bien entendu.

— Moi quoi ?

— Je pensais qu'une fois que vous auriez vu Marlee, les choses évolueraient entre nous. J'en étais certain. Mais je me trompais. Ce soir, par exemple, vous avez accepté de me recevoir, mais vous gardez vos distances.

— Ce n'est pas avec vous que j'ai un problème. C'est avec la position de princesse. Je pensais que vous le saviez.

— Mais après Marlee...

— Après Marlee, de l'eau a coulé sous les ponts. Je ne suis pas comme les autres Sélectionnées. Je représente la caste la plus modeste. Elise est une Quatre, c'est vrai, mais une Quatre qui sort de l'ordinaire. Ce sont de riches propriétaires, et cela m'étonne qu'ils ne se soient pas acheté une position plus éminente. Vous, vous avez grandi là-dedans. C'est un bouleversement pour moi.

—Je comprends, America. C'est en partie pour cela que je voulais vous donner du temps. Mais je vous demande de ne pas me négliger non plus.

—Je ne vous néglige pas !

—Si, d'une certaine manière. Vous me considérez comme la variable d'une équation. Prenez en compte l'épreuve que je traverse. Ce projet philanthropique sera le tremplin pour une autre élimination. Vous l'aviez deviné, je suppose.

« Comment dois-je agir quand vous ne serez plus que quatre ? Vous accorder un délai supplémentaire ? Si vous n'êtes pas sûre de votre implication, de vos sentiments à mon égard… quelle décision suis-je censé prendre ?

—Je ne peux pas le dire.

—Votre refus de répondre est inadmissible. Parce que je ne peux pas vous choisir aux dépens d'une jeune femme qui veut la couronne – qui me veut, moi –, si vous décidez de me dire non en fin de compte.

—Donc je dois vous donner une réponse tout de suite ? Je ne peux pas me prononcer dans la précipitation. Si je dis que j'ai envie de rester, cela implique-t-il automatiquement que je veux devenir princesse ? Non, je ne puis m'y résoudre.

— Rien ne vous y oblige, mais vous devez vous décider avant l'enregistrement du Bulletin. C'est un ultimatum qui va à l'encontre de mes convictions, mais je vous trouve bien désinvolte... Bon, je vais vous laisser seule.

— Oui, c'est une excellente idée.

— Parfait, s'agace Maxon. Je vais saluer Kriss avant d'aller me coucher.

26.

Je descends prendre le petit déjeuner à une heure assez tardive. Je n'ai pas envie de croiser Maxon, ni l'une des autres filles. Avant d'atteindre l'escalier, je rencontre Aspen à l'improviste dans le couloir. Je pousse un soupir exaspéré, il vérifie que nous sommes seuls avant de s'approcher de moi.

— Qu'est-ce que tu as fabriqué ?

— Je travaillais, Ame. Je faisais mon devoir. Je dois obéir aux ordres, et je ne suis plus chargé de ta sécurité.

— Il faut qu'on parle.

— À deux heures, place-toi au bout du couloir du rez-de-chaussée, derrière l'infirmerie. Je ne pourrai pas rester longtemps.

Il s'éloigne avec une révérence, toujours discret. Je gagne la Salle des Banquets, contrariée.

Dans le Boudoir, j'en suis réduite à regarder Kriss préparer son exposé. Les autres sont plongées elles aussi dans des livres, des calepins, des brochures, et je sens l'angoisse enfler, enfler, enfler… Il me faut une idée, et vite.

Comme si elle lisait dans mes pensées, Silvia vient me voir. Elle choisit mal son moment.

— Comment se débrouille la plus douée de mes élèves ? me demande-t-elle à voix basse.

— Très bien.

— Et votre dossier ? Il vous faut de l'aide pour régler certains détails ?

— Je m'en sors très bien, merci. Vous allez adorer.

— Vous ne voulez rien me dire ?

— Je préfère garder le mystère.

— Très bien. Vous avez fait un travail phénoménal ces derniers temps. Je suis sûre que cela va être formidable.

Les minutes s'écoulent au compte-gouttes. Un peu avant deux heures, je quitte le Boudoir. Tout au fond du couloir, je remarque un canapé en velours lie-de-vin sous une grande fenêtre. Je m'assieds, j'attends. Aspen finit par déboucher à l'angle du mur.

— Pas trop tôt.

— Que se passe-t-il ? me demande-t-il en se mettant au garde-à-vous près du canapé.

— Nous avons un exposé à préparer, et je n'ai aucune idée. Ça me stresse, je n'en dors plus.

— Un exposé sur quoi ? L'histoire des robes de bal à travers les âges ?

— Non. Il faut qu'on mette au point un projet caritatif. Comme ce que fait la reine Amberly pour les handicapés.

— C'est ça qui te tracasse autant ? Ça paraît plutôt amusant.

— C'est ce que je pensais aussi. Mais je sèche. Qu'est-ce que tu ferais, toi ?

— Tu devrais organiser un programme d'échange entre castes.

— Un quoi ?

— Un programme d'échange entre castes. Les membres des castes privilégiées échangent leur place avec ceux des castes les plus pauvres. Pour qu'ils sachent ce que ça fait, de vivre notre vie.

— Je ne pense pas que ça marcherait, Aspen, du moins pas pour cet exposé-là.

— C'est une idée excellente. Tu imagines Celeste se casser un ongle en rangeant des boîtes de conserve sur des étagères dans un supermarché ? Elle ne l'aura pas volé.

— Qu'est-ce qui te prend ? Tu es devenu un Deux, ne l'oublie pas. Comme les autres gardes.

— Je n'ai pas changé. C'est toi qui as oublié ce que ça fait de vivre dans une maison sans chauffage.

— Je n'ai rien oublié. Je voudrais mettre au point un projet qui permette d'empêcher ce genre de choses. D'aider les gens.

— Le gouvernement d'Illeá est resté bras croisés quand tu mourais de faim. Quand mon frère s'est fait fouetter en place publique. Tu ne pourras jamais leur faire entendre raison. Ils se moquent totalement de nous, de notre existence.

Vexée, je me mets debout.

— Où est-ce que tu vas ? s'inquiète Aspen.

— Je retourne au Boudoir.

— Est-ce qu'on se dispute vraiment à cause d'un exposé débile ?

— Non. On se dispute parce que tu ne comprends rien à rien. Je suis une Trois. Et tu es un Deux. Au lieu d'être aigri, tu pourrais changer la vie de ta famille. Changer de très nombreuses vies. Et tout ce qui t'intéresse, c'est régler tes comptes. Cela ne va aider personne.

Ma tirade laisse Aspen sans voix, et je le plante là. Je m'efforce de ne pas critiquer sa virulence mais elle me met face à mon impuissance et je sens la colère monter en moi.

Je me réfugie dans ma chambre. Je joue du violon. Je prends un bain. J'essaie de faire une sieste. Je passe une bonne partie de la soirée assise sur le balcon.

Je suis en train de perdre l'affection d'Aspen et mon exposé en est toujours au point mort.

Le sommeil me fuit. Et je me demande si tout cela a la moindre importance, puisque je vais rentrer chez moi dès vendredi soir, en me montrant les mains vides lors du Bulletin.

Avec un soupir, je me relève. Depuis plusieurs jours, j'évite le journal de Gregory Illeá ; j'ai peur qu'il ne soit davantage source de questions que de réponses. Mais peut-être vais-je y puiser quelques idées.

Par ailleurs, il faut que je sache ce qu'il est advenu de sa fille – Katherine, je crois – et je feuillette anxieusement le carnet en espérant retrouver sa trace. Je découvre le portrait d'une fille debout près d'un homme qui a l'âge d'être son père. On dirait bien qu'elle a pleuré.

J'ai fini par marier Katherine aujourd'hui à Emil de Monpezat, prince de Suédie. Elle a pleurniché durant tout le trajet jusqu'à l'église et j'ai dû lui expliquer que si elle ne se ressaisissait pas avant la cérémonie, elle allait le regretter amèrement. Sa mère n'est pas contente, et Spencer est contrarié lui aussi depuis qu'il a compris que sa grande sœur s'est unie au prince contre son gré. Mais Spencer est intelligent. Je pense qu'il va se ranger très vite à mon avis, dès qu'il aura saisi l'ampleur des opportunités qui se présenteront ensuite. Et Damon m'est d'un grand soutien ; j'aimerais que son enthousiasme contamine toute la population. La jeunesse a du bon. C'est la génération de Damon et de Spencer qui m'a porté au pouvoir. Ils sont mille fois plus influents, plus populaires, que ces vieillards cacochymes qui forment le gouvernement. Je me demande s'il existe un moyen de les museler pour de bon sans me compromettre.

Le couronnement est programmé demain. Maintenant que la Suédie s'est alliée à la puissante Union nord-américaine, je peux avoir ce que je veux : une couronne Pourquoi se contenter de la présidence quand je peux me proclamer roi d'Illeá ? Grâce à ma fille, j'intègre une lignée royale. Impossible de faire marche arrière.

Il l'a vendue. Ce salopard a vendu sa fille à un homme qu'elle haïssait afin d'assouvir son ambition.

Ma première réaction, c'est de refermer le carnet, d'oublier ce que je viens de lire. Mais je me force à tourner les pages, à lire des passages pris au hasard. À un moment, mon regard tombe sur un schéma représentant le système des castes, constitué de six strates au lieu des huit en vigueur à l'heure actuelle. À un autre endroit, Gregory Illeá explique comment il compte couper les gens de leur passé : en modifiant leur nom de famille Et, un peu plus loin, comment il pense punir ses ennemis et récompenser ses amis, en jouant sur la promotion sociale.

Toute ma vie on m'a répété que Gregory Illeá était un héros, le sauveur qu'attendait notre pays. Il s'avère que c'était un monstre assoiffé de pouvoir. Quel genre d'homme est capable de manipuler les autres sans aucun scrupule ? D'échanger sa fille contre quelques miettes de pouvoir ?

Je relis les passages à la lumière de ces découvertes. Pas une fois Gregory Illeá ne dit qu'il a l'intention d'être un père de famille aimant ; c'est une comédie qu'il joue, comme il joue la comédie du pouvoir.

Un pan entier de notre histoire a été occulté. Le peuple croupit dans une profonde ignorance que personne, surtout pas le gouvernement – les héritiers directs de Gregory Illeá –, n'essaie de réparer.

Quelques-uns ont dû dire la vérité à leurs enfants, c'est certain. En même temps… je me suis souvent demandé pourquoi papa cachait l'existence de ce manuel d'histoire presque en lambeaux qu'il conservait dans leur chambre à coucher, à maman et à lui, pourquoi l'histoire d'Illeá n'a jamais été imprimée sur papier. Peut-être pour éviter que la vérité ne soit révélée un jour. Et pour éviter les émeutes, par ricochet.

Je me demande si Maxon connaît la vérité, lui.

Un souvenir me revient en mémoire. Il n'y a pas très longtemps, Maxon et moi avons échangé notre premier baiser. C'était tellement inattendu que je m'étais écartée de lui, ce qui l'avait plongé dans l'embarras. Je lui ai suggéré, sur le ton de la plaisanterie, d'effacer cette scène et d'implanter un nouveau souvenir dans notre cerveau. C'est alors qu'il m'avait répondu : *America, on ne peut pas défaire ce qui a été fait.* Ce à quoi j'avais répliqué : *Bien sûr que si. Qui le saura, à part vous et moi ?*

Mais la Sélection tout entière ne fonctionne que sur l'apparence. Si les journalistes nous posent des questions sur notre premier baiser, leur dirons-nous la vérité ? Ou garderons-nous certains secrets pour nous, afin de ménager les apparences, en les emportant dans la tombe ?

Suffirait-il d'enseigner une version biaisée de l'histoire à une génération pour qu'elle soit acceptée sans réticence, pour qu'elle prenne la place de la réalité, qu'elle devienne authentique ?

J'ai vécu toute ma vie en marge de la société mais, grâce à mon amour de la musique, j'étais heureuse. Si Gregory Illeá n'avait pas mis en application ses projets en élaborant des lois inhumaines installé confortablement à son bureau, jamais je ne me serais disputée avec Aspen, jamais mon chemin n'aurait croisé celui de Maxon. Maxon ne serait même pas prince, Marlee n'aurait pas souffert le martyre, elle ne serait pas obligée de loger dans un cagibi avec Carter. Gerad, mon petit frère chéri, pourrait se consacrer à la science au lieu d'embrasser une carrière artistique qui l'ennuie profondément. Tout cela par la faute de Gregory Illeá, qui a volé au peuple la possibilité de s'élever dans la vie, d'atteindre ses rêves...

Maxon m'a affirmé que je n'avais qu'à l'interroger si je voulais savoir qui il est vraiment. Je ne peux plus éviter de faire face à certaines vérités. Si je dois m'engager pour de bon, il faut que je sache ce qu'il vaut en tant qu'être humain.

Je m'aventure en robe de chambre et pantoufles dans le couloir et je passe devant un garde que je ne reconnais pas.

— Il y a un problème, mademoiselle ?

— Non. Je reviens tout de suite.

Je me rends en courant au deuxième étage, sans me retourner. Des soldats montent la garde au sommet de l'escalier et me barrent la route. Je lance d'une voix que j'espère déterminée :

— Je dois voir le prince.

— Il est très tard, mademoiselle, proteste le garde à ma gauche.

— Ce n'est pas un problème.

— En fait il est déjà en agréable compagnie, ricane le garde de droite.

En agréable compagnie. Maxon est avec une autre fille…

Sûrement Kriss, qui l'a rejoint dans sa chambre. Elle papote, elle glousse et elle lui fait des mamours, malgré la discipline qu'elle s'impose – difficile de croire à une fable pareille.

Une domestique apparaît, un plateau entre les mains, et entreprend de descendre l'escalier. Je m'écarte pour la laisser passer, hésitant entre me faufiler entre les gardes ou tourner les talons. L'un d'eux douche mes espoirs.

— Retournez dans votre chambre, mademoiselle.

Traînant mon impuissance comme un boulet, je rebrousse chemin. Dès que je tourne le dos, j'entends un garde – celui qui a mentionné l'« agréable compagnie » – marmonner quelques mots. Est-ce qu'il se moque de moi ? Est-ce que je lui fais pitié ? Je n'en ai pas besoin, de sa pitié. Je me fais pitié toute seule.

Lorsque je regagne mon étage, je découvre que la petite bonne croisée au sommet de l'escalier est là, dans le couloir ; elle fait mine d'ajuster son lacet, mais je ne suis pas dupe. Elle se redresse lorsqu'elle m'aperçoit, ramasse son plateau et trottine dans ma direction.

— Il n'est pas dans sa chambre, chuchote-t-elle.

— Qui ? Maxon ?

— Essayez le rez-de-chaussée.

— Merci, dis-je en lui adressant un sourire.

— Il suffit de bien chercher. Et sachez aussi, mademoiselle, que nous vous aimons toutes beaucoup.

Le regard brillant d'admiration, elle s'éloigne à toutes jambes. Je me demande qui est ce « nous » dont elle parle, mais sa gentillesse pleine de déférence me met du baume au cœur. Je reste immobile un moment, puis je me rends au rez-de-chaussée.

La Salle d'Apparat est déserte, tout comme la Salle des Banquets. Je jette un coup d'œil dans le Boudoir – on ne sait jamais. J'interroge d'autres gardes, qui m'assurent que Maxon ne se trouve pas dans les jardins ; je vérifie quelques bibliothèques, quelques salons particuliers, avant de conclure que Maxon et Kriss ont dû soit se dire bonne nuit, soit regagner la chambre du prince.

Je décide de retourner me coucher en empruntant un raccourci : l'escalier de service. Avant que je ne l'aie atteint, des chuchotements me parviennent du couloir. Je ralentis le pas, pas très rassurée.

Un petit gloussement coquin.

Un soupir.

Les sons deviennent plus nets, je les localise précisément. J'esquisse un pas vers l'avant, je jette un coup d'œil vers la gauche… et je surprends un couple en pleine étreinte dans l'obscurité. Le choc.

Je reconnaîtrais les cheveux de Maxon entre mille, même dans le noir. En revanche, la nouveauté, ce sont les longues griffes rouges de Celeste qui s'enfoncent dedans. Car Celeste a plaqué Maxon contre le mur, une main collée sur son torse, sa jambe interminable révélée par sa robe fendue enroulée autour de sa proie.

J'attends qu'il lui ordonne de s'en aller, de se détacher de lui, de le laisser tranquille. Mais non, il ne proteste pas. Au contraire, il l'encourage et lui murmure quelque chose à l'oreille. Celeste éclate de rire, se colle encore plus contre lui et l'embrasse goulûment. La bretelle de sa robe glisse sur son épaule d'une façon indécente.

Je reste clouée sur place. Muette. Révulsée. Pourquoi elle ? Pourquoi ? J'ai envie de m'enfuir, de disparaître, de m'évaporer, mais mes pieds sont vissés au sol.

Celeste effleure de ses lèvres le cou de sa victime et lâche un autre de ses insupportables rires. Un sourire flotte sur le visage de Maxon.

Soudain, il ouvre les yeux. Tandis que Celeste fait pleuvoir les baisers, Maxon et moi nous fixons du regard. Aussitôt son sourire s'évapore, il se transforme en statue. Celeste ne remarque rien et je tourne les talons sans faire le moindre bruit.

Mes larmes jaillissent alors que je ne suis même pas au niveau de l'escalier principal. Je m'engouffre dans le couloir, je bouscule le garde qui surveille ma porte, j'entre dans ma chambre comme une tornade et je me jette sur mon lit, le cœur brisé. Quelle naïveté, America. Quel aveuglement.

Quelques minutes plus tard, on frappe à ma porte. Maxon fait son entrée, l'air aussi furieux que moi, et je prends les devants en montant à l'assaut.

— Vous m'avez menti.

— Quoi ? Quand ça ?

— Tout le temps ! L'homme qui m'a fait des promesses d'amour éternel, je le surprends dans un couloir avec la pire garce de l'univers !

— Ce que je fais avec elle n'a rien à voir avec mes sentiments pour vous.

— Vous vous moquez de moi ? À moins que votre destin de roi ne vous donne le droit d'avoir des admiratrices à moitié nues qui se frottent contre vous ?

— Non. Ce n'est pas du tout ce que je pense.

— Pourquoi elle ? Pourquoi la choisir elle, parmi toutes les filles de la planète ? Maxon, c'est une hypocrite. Vous devez comprendre que sous les trois tonnes de maquillage, il y a une manipulatrice.

— Je m'en rends bien compte.

— Dans ce cas… Vous vouliez une décision, la voici : j'en ai marre de tout ça. Marre de la Sélection. Marre des mensonges, et surtout marre de vous.

— Vous n'en avez pas fini avec la Sélection, America. C'est une décision que je suis seul à prendre. Vous êtes bouleversée en ce moment, mais vous êtes loin d'en avoir fini avec moi.

— C'est quoi, votre problème ? Vous êtes aveugle ? Vous croyez que je vais accepter ce que je viens de voir ? Je déteste cette fille. Et vous étiez en train de l'embrasser. J'ai tiré un trait sur vous.

— Vous allez me laisser en placer une, oui ou non ?

— Parce que vous voulez vous justifier ? Renvoyez-moi chez moi. Je ne veux plus rester ici.

— Hors de question.

— Maxon Schreave, vous n'êtes qu'un enfant qui refuse de prêter aux autres un jouet qui ne l'intéresse pas.

— Je comprends votre colère, mais…

— C'est plus que de la colère !

— America, ne me traitez pas d'enfant. Et ne me poussez pas à bout.

— Et qu'est-ce que vous allez faire ?

Maxon m'attrape par les poignets, me bloque les mains dans le dos, tandis que la fureur enflamme son regard. Et c'est tant mieux : je veux qu'il me provoque, je veux avoir un prétexte pour lui faire mal. Je me sens capable de le mettre en pièces.

Mais sa rage s'éteint aussitôt et cède la place à cette sensation de chaleur, cette fébrilité, que je n'éprouve plus depuis un long moment en sa présence. Son regard explore le mien, interrogateur. Même si c'est mal, je suis submergée par le désir. Mes lèvres s'entrouvrent avant que la raison ne prenne le relais.

En proie à la panique, je me détache de Maxon. Il n'essaie pas de me retenir.

— Vous allez me renvoyer chez moi, alors ?

Maxon fait non de la tête. J'arrache le bracelet qu'il m'a offert et je le lance à travers la pièce.

— Allez-vous-en.

Je me tourne vers le balcon et j'attends que la porte se referme. Une fois seule, je m'effondre par terre et je fonds en larmes.

Je ne suis pas seulement en colère contre Maxon, mais aussi contre moi-même. J'aurais dû me battre. Pas accepter la défaite aussi facilement.

J'essuie mes larmes et j'évalue la situation. J'ai tiré un trait sur Maxon, ce n'est donc plus la victoire qui me motive. Ce qui m'importe, désormais, c'est de partir sur un coup d'éclat.

27.

Lorsque Silvia me demande de quoi j'aurai besoin pendant mon exposé, je lance l'idée d'un pupitre et d'un chevalet, ou un trépied, afin de présenter une affiche réalisée par mes soins. Voilà qui l'intrigue grandement. Je suis la seule Sélectionnée, après tout, à pouvoir me targuer d'une expérience artistique.

Je passe des heures à rédiger mon discours sur des pense-bêtes, répétant devant le miroir afin de ne rien oublier, de maîtriser les passages qui posent problème.

Je suggère à Anne de me confectionner une robe qui me donne l'air innocent, ce qui lui fait hausser le sourcil.

— À vous voir, on croirait qu'on vous a forcée à vous promener en nuisette.

— Ce n'est pas du tout ce que je veux dire. Vous savez que j'adore toutes vos robes. Je veux avoir l'air… d'un ange.

— Je crois qu'on peut arranger quelque chose.

Mes trois caméristes travaillent comme des forcenées et je ne les revois que le jour de l'enregistrement du bulletin – et une heure avant, pas plus tôt, elles déboulent dans la chambre, leur œuvre protégée par une housse. Une robe en mousseline blanche, à la taille Empire, aussi chaste qu'élégante, soulignée d'une bande de tulle vert d'eau. Elle me met parfaitement en valeur. Parmi toutes les robes que mes couturières aux doigts de fées ont confectionnées pour moi, c'est la plus belle. Et sûrement la dernière que je porterai.

Cela n'a pas été une mince affaire de garder mon projet secret. Lorsque les filles de la Sélection m'interrogent, je leur réponds que je prépare une surprise, ce qui me vaut quelques regards sceptiques. Je demande aussi à mes femmes de chambre de ne pas toucher à ce qui traîne sur mon bureau, de laisser mes notes tranquilles, même pour faire le ménage. Grâce à ces précautions, le mystère n'est pas levé.

J'ai très envie de mettre Aspen dans la confidence, mais je me retiens – partagée entre la peur de lui céder s'il tente de m'en dissuader, ou de le trouver encore plus radical que moi.

Tandis que mes bonnes me pomponnent, je me dis que je préfère affronter cette épreuve seule. Je ne veux créer d'ennuis à personne.

— Anne, Mary, vous voulez bien aller me chercher une tasse de thé ?

— Toutes les deux ? s'étonne Mary après avoir échangé un regard avec Anne.

— Oui, toutes les deux.

Une fois seule avec Lucy, je peux enfin lui accorder une attention pleine et entière.

— Viens t'asseoir près de moi. Dis-moi, tu es heureuse ?

— Pardon, mam'selle ?

— Tu m'as paru très triste ces derniers temps. Je me demandais si tout allait bien.

— Ça se voit tant que ça ?

— Eh bien… oui

J'entoure ses épaules de mon bras et, avec un soupir, elle s'appuie contre moi. Une larme roule sur sa joue. Son chagrin a brisé toutes les barrières.

— Avez-vous déjà désiré quelque chose d'inaccessible ? me demande-t-elle.

— Lucy, avant de venir ici j'étais une Cinq. Je ne roulais pas vraiment sur l'or.

— Je ne sais pas quoi faire, mam'selle. Je suis coincée.

— Lucy, je veux que tu saches que rien ne peut t'arrêter dans tes projets et dans tes ambitions.

— C'est gentil de votre part, répond-elle avec un petit sourire.

— Lucy, j'aimerais que tu me rendes un service. Je n'étais pas sûre de pouvoir compter sur les autres, mais toi, je te fais confiance.

— Demandez-moi.

Je sors une lettre cachetée d'un tiroir.

— Pourrais-tu donner ceci à l'officier Leger ? Je voulais le remercier pour sa gentillesse, mais je me suis dit que ce ne serait pas très correct de lui remettre un petit mot en mains propres.

Dans cette lettre, j'explique à Aspen ce que je m'apprête à faire et je lui dis au revoir, certaine d'être renvoyée chez moi juste après la diffusion du Bulletin.

— Je peux le lui donner dans l'heure, m'assure Lucy.

— Merci.

Lorsque je fais mon entrée dans le studio d'enregistrement, je suis chargée de plusieurs manuels hérissés de marque-pages et d'un portfolio qui contient mon affiche. Le décor n'a pas changé depuis les autres émissions – les sièges réservés au roi, à la reine et à Maxon se trouvent à droite, près de la porte, les Sélectionnées sont alignées sur la gauche –, sauf que l'estrade sur laquelle se déroulent les allocutions et les interviews a cédé la place à un espace vide. C'est là que nous allons présenter nos projets. Je vois un bureau, un chevalet et un écran de projection – l'une de nous va sûrement montrer des diapositives aux téléspectateurs. Impressionnant.

Je me dirige vers la dernière chaise libre – à côté de Celeste, malheureusement – et je pose mon portfolio par terre, les manuels sur mes genoux. Natalie s'est munie, elle aussi, de quelques livres ; Elise relit une dernière fois ses notes. Kriss, les yeux levés au plafond, a l'air de réciter mentalement sa présentation. Celeste, elle, retouche son maquillage. Silvia est là aussi, dans un état d'agitation extrême.

— Vous êtes magnifiques, mesdemoiselles, resplendissantes ! s'exclame-t-elle. Maintenant que vous êtes réunies, laissez-moi vous expliquer deux ou trois petites choses. Tout d'abord, le roi va prendre la parole, puis Gavril se chargera de présenter le point fort de la soirée : vos projets philanthropiques.

D'ordinaire mesurée, la voilà qui sautille tout en parlant.

— Je sais que vous avez travaillé d'arrache-pied. Vous avez huit minutes ; si quelqu'un souhaite vous poser des questions, Gavril lui donnera la parole. N'oubliez pas de rester attentives, ne relâchez pas votre vigilance. Le pays tout entier vous regarde ! Si vous perdez le fil de votre exposé, respirez un grand coup et passez à la suite. Vous allez très bien vous en sortir. Oh, et vous passerez dans l'ordre dans lequel vous êtes assises, c'est donc vous qui commencez, mademoiselle Natalie ; mademoiselle America passera en dernier. Bonne chance à toutes !

Silvia nous laisse, débordée, et j'essaie de garder mon sang-froid. Je passe en dernier. Je n'aimerais pas être à la place de Natalie qui se met à suer à grosses gouttes. Ce doit être une torture pour elle. Je me tourne ensuite vers Celeste. Elle ignore que je l'ai surprise dans les bras de Maxon et je me demande pourquoi elle ne s'en vante pas. Ce silence est très étonnant de sa part. Qu'est-ce que ça cache ?

— Nerveuse ?

— Non. C'est une idée stupide et tout le monde s'en moque. Vivement qu'on arrive à la fin. Et puis je suis mannequin, je sais naturellement me mettre en valeur devant un public.

— Oui, tu sembles maîtriser l'art de la pose.

Elle décortique ce que je viens de dire, au cas où il y aurait une insulte cachée. Elle finit par rouler des yeux et se détourner de moi.

C'est à cet instant que le roi fait son entrée, accompagné de la reine. Ils sont en grande conversation. Maxon les suit de près ; il se dirige vers son siège en ajustant ses boutons de manchettes. Il a l'air si angélique, si propre sur lui… mais je ne suis plus bernée par le personnage qu'il s'est créé.

Son regard croise le mien. Refusant de me laisser intimider, je ne baisse pas la tête. D'un geste maladroit, Maxon tire sur le lobe de son oreille. Je rejette son invitation, j'exclus de lui adresser à nouveau la parole.

Les présentations démarrent et j'ai des sueurs froides. L'exposé de Natalie est clair et concis, mais elle nous présente des informations fausses. Elle prétend que les Renégats sont animés par la haine et la bêtise, qu'ils devraient être déclarés hors la loi afin d'assurer la sécurité d'Illeá. Lorsqu'elle se tait, nous la dévisageons en silence. Elle ne sait pas que les provocations des Renégats sont déjà considérées comme illégales ? La reine a l'air très déçue, c'est certain.

Vient ensuite le tour d'Elise, qui propose un programme d'échange épistolaire entre les castes les plus éminentes d'Illeá et leurs homologues de Nouvelle-Asie en vue de renforcer les liens, explique-t-elle, entre ces deux pays et mettre un terme à la guerre. Je ne suis pas certaine que son idée débouche sur quelque chose mais elle réussit à rappeler à Maxon, et aux téléspectateurs, que sa présence au palais est légitime. La reine lui demande si elle connaît des volontaires prêts à participer à ce programme et Elise lui assure que oui.

L'exposé de Kriss est tout simplement spectaculaire. Elle rêve de réformer le système des écoles publiques et ses idées sont proches de celles de la reine et de Maxon. C'est une problématique dans laquelle elle baigne depuis toute petite. Elle projette à l'écran des photos que lui ont envoyées ses parents et qui montrent l'école de sa province. Les traits des enseignants sont tirés par la fatigue et, sur l'un des clichés, on voit quatre enfants assis par terre avec leurs stylos et leurs cahiers, faute de chaises. La reine la mitraille de questions, Kriss lui répond du tac au tac. En se référant à de vieux comptes rendus de la Commission financière, elle a même imaginé une source de financement et un moyen de faire appel à la bonne volonté des plus fortunés. Lorsqu'elle se rassied, je vois Maxon la féliciter d'un sourire. Les joues écarlates, elle se concentre sur la dentelle de sa robe. Je le trouve d'une cruauté sans nom de jouer avec elle comme ça, étant donné la relation qu'il entretient avec Celeste. Mais je suis au-dessus de tout cela à présent. Qu'il agisse comme bon lui semble.

L'exposé de Celeste ne manque pas d'intérêt, mais j'ai bien l'impression qu'elle se moque du public. Elle suggère de mettre en place un salaire minimum pour les castes les plus miséreuses, calculé en fonction d'un barème précis basé sur les diplômes obtenus lors d'une formation personnelle. Le hic, c'est que pour décrocher un diplôme, les Cinq, les Six et les Sept doivent faire des études... des études payantes... qui enrichiraient davantage la caste des Trois, puisque c'est parmi les Trois que l'on trouve les professeurs et les enseignants assermentés. Celeste est complètement déconnectée du monde réel : les pauvres doivent travailler sept jours sur sept pour joindre les deux bouts. Personne n'a de temps à consacrer aux études. Son projet est voué à l'échec.

Lorsqu'elle retrouve sa place je me mets debout, tremblant comme une feuille. L'espace d'un instant, j'envisage de faire semblant de tourner de l'œil. Mais non, il faut que j'assume. Jusqu'au bout.

Je fixe mon affiche (un schéma qui représente le système des castes) sur le trépied, je pose les manuels sur la table puis je prends une profonde inspiration, cramponnée à mes antisèches. Je me rends vite compte avec étonnement que je connais mon discours par cœur.

— Bonsoir, peuple d'Illeá. Ce soir je ne me présente pas devant vous comme membre de l'Élite, ni même comme une Trois ou une Cinq, mais en tant que compatriote. Votre caste influence votre vie, la place que vous occupez dans la société. C'est ainsi que je vois les choses, que je les ressens aussi. Mais ce n'est que récemment que j'ai compris combien l'amour que je porte à Illeá est profond.

« Même si j'ai grandi dans une maison où l'électricité ne fonctionnait pas toujours, le ventre parfois vide, même si j'ai vu les gens que j'aime se débattre contre le statut qu'on nous a attribué à la naissance, même si j'ai vu le fossé entre les différentes castes, j'aime mon pays.

« Ce que je propose n'est pas simple. Ce sera peut-être douloureux, mais cela se fera dans l'intérêt du royaume tout entier. Je crois que nous devrions mettre un terme au système des castes.

Me proviennent de l'assistance quelques petits cris scandalisés.

—Je sais qu'à une époque, ce système a permis de mettre de l'ordre dans le désordre. Mais cette époque est loin derrière nous. Notre pays a retrouvé sa puissance. Sauvegarder un système archaïque et injuste, c'est criminel. D'autant que toutes les professions, même les plus prestigieuses, devraient être ouvertes à tous, sans distinction d'origine.

Je prends pour exemple un sondage publié dans l'un des magazines de Celeste, selon lequel soixante-cinq pour cent des personnes interrogées seraient favorables à une armée composée de volontaires. Je cite également un rapport que nous avons étudié et qui porte sur les résultats des élèves dans les écoles publiques. Ce rapport prétend que seuls trois pour cent des Six et des Sept scolarisés avaient des aptitudes intellectuelles supérieures à la moyenne ; au vu de ces résultats, ils n'étaient capables que d'assumer des tâches subalternes. L'étude me semble biaisée, et j'explique pourquoi.

J'arrive enfin au terme de ma démonstration.

— Notre pays est loin d'être parfait, mais nous ne pouvons mettre sa puissance en doute. Sans changement social, cette puissance demeurera stérile. Et j'aime trop notre pays pour laisser une catastrophe pareille se produire. Il faut garder l'espoir... Merci de m'avoir accordé votre attention.

Une boule dans la gorge, je me tourne vers la famille royale. Un silence glacial accueille mes paroles. Maxon reste de marbre. La reine évite mon regard, dépitée. Le roi, pour sa part, m'accable de tout son mépris.

— Et vous suggérez de les éliminer par quel moyen, ces castes ? De les faire disparaître en un claquement de doigts ?

— Je n'ai pas réfléchi à la question.

— Et vous ne craignez pas que cela provoque des émeutes ? Un désordre généralisé ? Et l'arrivée au pouvoir des Renégats ?

Voilà une question qui me prend de court.

— Je crois que la création d'Illeá a provoqué une grande confusion, or le peuple a réussi à la surmonter. En fait, tout est expliqué ici.

Sans attendre, j'ouvre le carnet de Gregory Illeá et je cherche le passage concerné.

— Braquez les caméras vers le sol. Nous sommes toujours en direct ? hurle le roi

— Non, Votre Majesté, répond un technicien.

Je remarque alors que les voyants lumineux indiquant que les caméras tournent sont éteints. J'ignore à quel moment précisément, mais le roi a donné l'ordre d'arrêter l'enregistrement du Bulletin.

Le roi quitte son siège, il se rue sur moi et m'arrache le carnet des mains.

— Où avez-vous trouvé ceci ?

— Père, arrêtez ! lance Maxon en nous rejoignant d'un pas rapide.

— Où a-t-elle trouvé ça ? Réponds !

— Nous cherchions des informations sur Halloween, Gregory Illeá en parlait dans ses carnets. Je me suis dit qu'elle aimerait en lire davantage.

— Espèce d'imbécile. Je savais que j'aurais dû te les faire lire plus tôt. Tu ne comprends rien à rien. Tu n'as aucune idée de ce que ton devoir implique ! Elle s'en va ce soir, ajoute-t-il. Je l'ai assez vue !

J'essaie de me faire toute petite, de m'éloigner du roi sans attirer l'attention. J'essaie même de ne pas respirer trop fort. Je me tourne discrètement et mon regard tombe sur Celeste. Je m'attends à un sourire de triomphe, mais elle paraît aussi nerveuse que moi. C'est la première fois que nous voyons le roi sortir de ses gonds.

— Vous ne pouvez pas la renvoyer, rétorque Maxon sans se départir de son calme. C'est de moi que ce choix dépend, et je refuse qu'elle parte.

— Maxon Calix Schreave, je suis roi d'Illeá, et j'ordonne…

— Ne pouvez-vous arrêter d'être roi, cinq minutes, et être mon père ? Vous avez fait votre choix, je veux faire le mien. Personne ne part sans mon feu vert !

Natalie se rapproche d'Elise. Elles tremblent toutes les deux.

— Amberly, lance le roi, va donc remettre ce livre à sa place. Maxon, j'ai à te parler dans mon bureau.

Je scrute Maxon ; un éclair de panique traverse son visage.

— Ou je pourrais discuter avec cette demoiselle, tout simplement, suggère le roi.

— Non, père, ce ne sera pas nécessaire. Mesdemoiselles, regagnez vos chambres. Nous vous ferons monter votre dîner. America, partez vous aussi, commencez à faire vos valises. On ne sait jamais.

— Excellente idée, ricane le roi. Après toi, mon fils.

Maxon semble avoir accepté sa défaite. La honte me submerge. Il s'apprête à me dire quelque chose, puis se ravise et part en direction de la sortie du studio. Kriss le suit du regard en se tordant les mains. L'air est lourd de menaces.

— Clarkson ? murmure la reine. Que fait-on pour le reste ?

— Le reste ? répète le roi, agacé.

— La sœur de Natalie ?

— Ah oui. Natalie, nous ne voulions pas vous en informer avant le Bulletin, mais nous avons reçu une bien triste nouvelle.

— Une bien triste nouvelle ? souffle-t-elle en triturant son collier, déjà à moitié étourdie.

— Oui. J'en suis désolé, mais il apparaît que les Renégats ont enlevé votre sœur.

— Quoi ?

— Son cadavre a été retrouvé ce matin. Toutes mes condoléances.

Il rattrape Maxon, le saisit par le bras ; ils quittent ensemble le studio tandis que Natalie pousse un long hurlement de douleur. La reine se précipite vers elle et tente de la calmer. Celeste en profite pour s'esquiver, entraînant derrière elle une Elise accablée par l'émotion. Kriss tente d'apporter son soutien à Natalie, mais elle décide de partir quand elle voit que ses efforts ne servent pas à grand-chose. La reine annonce à Natalie, en la serrant contre elle, que des soldats royaux assurent la protection de ses parents et qu'elle pourra assister à l'enterrement.

Je reste paralysée sur mon siège. Lorsqu'une main se matérialise devant moi, j'ai un mouvement de recul.

— Je ne vais pas vous faire de mal, me dit Gavril. Je veux juste vous aider.

Sa broche capte quelques rais de lumière. J'accepte la main qu'il me tend, les jambes flageolantes.

— Il doit beaucoup vous aimer, ajoute-t-il. Je connais Maxon depuis qu'il est tout petit. C'est la première fois qu'il tient tête à son père.

Gavril s'éloigne alors et part donner des instructions aux techniciens – sûrement pour mettre toute cette affaire sous le tapis.

Je vais voir Natalie. Je ne la connais pas très bien, mais je suis sûre qu'elle aimait sa sœur aussi fort que moi j'aime May. Sa souffrance est inexprimable.

— Natalie, je suis très triste pour toi.

La reine lève la tête et pose sur moi un regard qui exprime tout son chagrin.

— Et… aussi pour vous, Majesté. Je ne pensais pas… j'essayais juste…

— Je sais, ma chère enfant. Je sais.

28.

La dernière chose à laquelle je m'attendais, c'est l'ovation que me réservent mes femmes de chambre lorsque je regagne l'étage. Je reste plantée un instant sur le seuil, émue par la fierté qui brille dans leurs yeux. Anne serre mes mains dans les siennes.

— Vous avez bien parlé, mademoiselle.

— Je n'arrive pas à croire que vous ayez fait ça ! s'exclame Mary. Personne ne prend jamais fait et cause pour nous !

— Maxon doit vous choisir ! renchérit Lucy. Vous êtes la seule qui me donne de l'espoir.

J'ai besoin de réfléchir et, pour réfléchir, rien de mieux qu'une balade dans les jardins, malgré les protestations de mes trois admiratrices. J'emprunte l'escalier de service, à l'autre bout du couloir. Les couloirs du rez-de-chaussée sont vides, à l'exception de quelques gardes. Je suis étonnée que le palais ne soit pas en effervescence, vu ce qui vient de se produire.

À l'instant où je passe devant l'infirmerie, la porte s'ouvre à la volée et je percute Maxon, qui fait tomber une boîte en métal sur laquelle est collée une étiquette à son nom. Il lâche aussi un gémissement qui me surprend.

— Vous ne devriez pas être dans votre chambre ? lance-t-il en ramassant la boîte.

— J'allais me promener dans les jardins. Je n'arrive pas à décider si ce que j'ai fait était stupide ou non.

— Oh, je peux vous assurer que c'était stupide.

— Vous avez besoin d'aide ?

— Non. Je retourne dans ma chambre. Vous devriez faire de même.

— Maxon, acceptez mes excuses. J'étais en colère, et je voulais... je ne sais même plus ce que je voulais. Et c'est vous qui m'avez dit que je pourrais changer les choses en devenant princesse.

— Vous n'êtes pas princesse. Et quand bien même, vous n'avez pas remarqué comment on procède ici ? Discrètement, étape par étape. C'est de cette façon que vous devez opérer pour l'instant. Pas faire la révolution tout en espérant gagner le soutien de mon père.

— Pardon ! Pardon, pardon !

— Je ne suis pas certain que...

Un cri l'interrompt. Maxon remonte précipitamment le couloir et je lui emboîte le pas, intriguée.

Une bagarre ? Tandis que nous nous approchons du vestibule, une cohorte de gardes déferle sur nous comme une rivière en crue.

— Sonnez l'alarme ! Ils ont franchi les grilles !

— Préparez-vous à faire feu !

— Allez avertir le roi !

Soudain, l'air est traversé de flèches qui sifflent au-dessus de nos têtes comme autant de guêpes. Un garde tombe en arrière et sa tête frappe le marbre avec un craquement ignoble. À la vue du sang qui jaillit de sa poitrine, je pousse un hurlement.

D'instinct, Maxon m'écarte du danger, mais il bouge au ralenti.

— Votre Altesse ! s'écrie un garde. Rejoignez votre refuge !

Il attrape sans ménagement Maxon par le bras et ce dernier lâche un autre cri. Sa réaction me paraît disproportionnée. À l'entendre, on pourrait croire que le garde lui a enfoncé un poignard dans le bras.

— Je ne vais pas y arriver, souffle-t-il.

Son front est recouvert d'une fine pellicule de sueur. Il y a vraiment quelque chose qui cloche.

— Bien sûr que si, Votre Altesse. Suivez-moi.

Le garde entraîne Maxon dans ce qui semble être un cul-de-sac. Je crains soudain qu'il ne nous abandonne ici quand il pose une main sur le mur, et l'une des portes dérobées du palais pivote sur ses gonds. L'obscurité m'empêche de voir où nous nous trouvons, mais Maxon franchit la porte sans hésiter un seul instant.

— Dites à ma mère qu'America et moi, nous sommes hors de danger. Sur-le-champ ! lance-t-il au garde.

— Entendu, Votre Altesse. Je viendrai vous chercher quand tout sera fini.

L'alarme retentit. Pas trop tard, je l'espère.

La porte se referme hermétiquement sur nous, nous plongeant dans l'obscurité totale, ne laissant filtrer aucun bruit. Maxon trouve à tâtons un interrupteur qui actionne une lampe faiblarde. Voici quelques éléments du décor – un placard amélioré – enfin révélés : sur des étagères sont rangés des petits sacs en plastique noir ; sur une autre étagère, quelques couvertures râpées. Au milieu, un grand banc en bois qui pourrait accueillir quatre personnes et, dans un coin, un petit évier et des latrines. Des crochets sont fixés sur une paroi. Une odeur métallique m'emplit les narines.

— Nous n'avons pas atterri dans le pire, c'est déjà ça, grogne Maxon en allant s'asseoir sur le banc.

— Que se passe-t-il ?

— Rien.

— Des Renégats venus du Sud, je suppose ?

Maxon fait oui de la tête. Le pauvre garde, si dévoué, arrivera-t-il à sauver sa vie ? Qui peut réchapper d'un péril pareil ?

— Nous sommes en sécurité ici ?

— Oui. C'est l'un des refuges réservés aux domestiques. Ceux qui travaillent au niveau des cuisines et du garde-manger ne risquent rien. En revanche, ceux qui se trouvent dans les couloirs du palais ne seront peut-être pas assez rapides. Cet endroit n'est pas aussi sécurisé que le refuge royal, il est moins bien approvisionné pour tenir un siège. Mais il fera l'affaire, faute de mieux.

— Les Renégats savent-ils que cet abri existe ?

— Peut-être. Mais ils ne peuvent pas entrer une fois que les refuges sont occupés. Il y a trois issues. La porte peut être déverrouillée de l'extérieur ou de l'intérieur par une clef, ou alors il faut attendre deux jours. Au bout de quarante-huit heures, les portes s'ouvrent automatiquement. Les gardes vérifient chaque refuge une fois que le danger est passé, mais ils peuvent en rater un, le risque existe. Et sans cette précaution, quelqu'un pourrait rester coincé ici.

Cette courte explication semble l'épuiser, il a l'air de souffrir le martyre. Il se penche en avant et émet un sifflement de douleur.

— Maxon ?

— Je ne peux pas… c'est insupportable. America, aidez-moi à ôter mon manteau.

Il tend le bras et je saute sur mes pieds pour lui apporter mon aide. Il fait glisser son manteau, qui tombe par terre, et s'apprête à défaire les boutons de sa chemise. Lorsque je veux le faire à sa place, il me saisit par les poignets.

— Vous êtes incapable de garder un secret, vous l'avez prouvé tout à l'heure avec les carnets de Gregory Illeá. Mais celui-là, vous l'emmènerez dans la tombe. Votre tombe, et la mienne. Est-ce assez clair ?

J'acquiesce, pour la forme. Maxon me relâche, et je défais lentement les boutons de sa chemise. Un frisson me parcourt l'échine. J'ai vu un jour, dans un livre, une sculpture représentant un athlète lançant un disque. Je m'étais dit à l'époque que seul un artiste pouvait distinguer une telle beauté dans l'être humain, le représenter dans toute sa splendeur. Le torse de Maxon est aussi ciselé que cette sculpture.

La magie se brise lorsque j'essaie de retirer la chemise. Elle colle à son dos. J'ai beau tirer dessus, elle résiste.

— Doucement, souffle-t-il.

Je me place derrière lui et je découvre que la chemise est imbibée de sang.

Je vacille un instant puis je me remets au travail comme si de rien n'était. J'enlève la chemise, je la suspends à l'un des crochets et je m'accorde une seconde pour reprendre contenance.

J'étudie le dos de Maxon. Une entaille profonde lui barre le dos et se superpose à plusieurs autres plaies à divers stades de cicatrisation. Je compte six blessures toutes fraîches, sans compter celles qui se sont refermées. Comment est-ce arrivé ? Comment Maxon, qui est de sang royal, peut-il être couturé de cicatrices ? Je me rappelle le regard du roi ce soir, ainsi que les efforts de Maxon pour camoufler sa peur, et je comprends tout. Comment un père peut-il infliger cela à son fils ?

J'explore le refuge et je finis par trouver un gant de toilette. Une eau glaciale coule du robinet. Je calme mes nerfs, afin de ne pas envenimer les choses, et je reviens vers Maxon.

— Ça va sûrement piquer un peu.

— Pas grave, murmure-t-il. J'ai l'habitude.

Je nettoie l'entaille à l'aide du gant mouillé, en la tamponnant de l'épaule à la taille. Maxon se crispe, serre les dents. Lorsque je m'attaque à l'autre blessure, il brise le silence.

— Cela fait des années que je me prépare, savez-vous ? J'attends le jour où je serai assez fort pour lui tenir tête.

— Pourquoi ne l'avez-vous pas fait ce soir ?

— J'avais peur que s'il n'arrive pas à se défouler sur moi, il se retourne contre vous.

— Qui est au courant ?

— Personne.

— Pas même le médecin ? Ni votre mère ?

— Si, le médecin, mais il se tait. Et jamais je n'impliquerai ma mère là-dedans. Elle sait que père est sévère avec moi, mais je ne veux pas qu'elle s'inquiète. Et c'est supportable… Il ne la traite pas de cette manière, s'empresse-t-il de préciser. Il la rudoie autrement, je suppose.

— Mmmh.

— Aïe, ça brûle.

Je m'arrête un instant tandis qu'il reprend son souffle, puis j'attends son autorisation afin de poursuivre ma tâche.

— Je me sens plus solidaire de Marlee et de Carter que vous ne semblez le penser, America. Ce genre de plaies restent longtemps douloureuses, surtout si vous vous obstinez à les soigner vous-même.

— Et qu'est-ce qui vous a valu les autres ? Oh, vous n'êtes pas obligé de répondre. Ma question est très indiscrète.

— Des choses que j'ai dites, ou faites. Des choses que je sais.

— Maxon, je ne sais pas comment dire…

Les larmes menacent de m'étouffer. Il pose une main sur ma jambe.

— America, comment comptez-vous me soigner si vous pleurez ?

— Vous croyez qu'il y a des sparadraps quelque part ?

— Dans la boîte.

J'ouvre les fermoirs du coffret métallique et j'étudie son contenu. Bandes de gaze, agrafes, onguent, ruban adhésif, rien ne manque.

— Vous n'avez pas de bandages dans votre chambre ?

— Par pur orgueil. J'étais résolu à ne plus en avoir besoin.

Je déchiffre les étiquettes, je trouve un désinfectant, et des bandages, puis je me place derrière Maxon.

— Ça risque de faire mal.

Il hoche la tête, pousse un grognement lorsque le baume entre en contact avec la blessure et s'emmure dans le mutisme. J'essaie d'être à la fois rapide et minutieuse.

Sa tension se relâche à mesure que l'onguent pénètre les plaies. J'ai l'impression, en un certain sens, de réparer la douleur que j'ai provoquée indirectement.

— Je savais que mon secret finirait par s'éventer, dit Maxon avec une joie méchante. Cela fait des années que je m'évertue à échafauder un scénario crédible. J'espérais en trouver un avant mon mariage, puisque ma future femme va forcément voir mes cicatrices mais aucune idée ne me vient.

— La vérité, ça marche aussi.

— Ce n'est pas l'option que je préfère. Pas dans ce contexte, en tout cas.

— Voilà, j'ai fini.

Maxon jette un coup d'œil par-dessus son épaule, inspecte son dos et me remercie d'un regard.

— Formidable, America. Mieux que ce que j'ai pu faire jusqu'ici.

— Je vous en prie.

Le silence s'épaissit. Je n'arrive pas à détacher mes yeux de son torse musculeux, ce qui n'est pas très correct.

— Je vais laver votre chemise.

Je me réfugie près du lavabo et je frotte la chemise ensanglantée sous un filet d'eau froide, qui se teinte de rouille avant de disparaître au fond de la cuvette. Cela m'occupe, même si je sais que mes efforts ne serviront pas à grand-chose.

Je finis par essorer la chemise à pleines mains et je la suspends à un crochet. Lorsque je me retourne, Maxon me dévisage.

— Pourquoi ne me posez-vous jamais de questions auxquelles j'aie envie de répondre ? me demande-t-il.

— Je fais ça, moi ?

— Mais oui.

— Très bien, quelle question attendez-vous de moi ?

— Ne voulez-vous pas que je vous explique, pour Kriss et Celeste ? Vous ne pensez pas que vous méritez une mise au point ?

29.

— Kriss m'a donné sa version et j'ai tendance à la croire. Quant à Celeste, je ne veux plus en entendre parler.

— Quelle tête de mule, plaisante Maxon. Ce trait de votre caractère va me manquer.

— C'est décidé alors ? Je pars ?

— Je crains que le processus ne soit enclenché. Ce n'est pas ce que vous vouliez ?

— J'étais folle. Folle de rage.

— Si j'avais pu demander votre main au gala d'Halloween, je l'aurais fait. Les fiançailles sont censées être une affaire officielle, avec mes parents, des invités, les caméras, mais j'ai obtenu la permission de vous poser la question fatidique en privé. Je ne vous ai jamais dit cela ?

« J'avais préparé un long discours, plein de promesses. À un moment, j'aurais eu un trou de mémoire et je me serais ridiculisé. Et pourtant… chaque mot est resté gravé dans ma mémoire. Mais je vous épargnerai cette épreuve.

« Quand vous m'avez repoussé, la panique m'a submergé. J'ai eu l'impression horrible que la Sélection reprenait à zéro, avec un choix beaucoup plus limité. Et la semaine précédente, j'avais consacré beaucoup de temps à vos camarades pour essayer d'en trouver une qui vous arriverait à la cheville, en vain.

« Alors Kriss s'est rapprochée de moi, avec sa gentillesse sans égale, soucieuse de mon bonheur, et je me suis demandé comment j'avais pu passer à côté. Je la trouvais déjà ravissante ; mais sa beauté n'est pas sa seule qualité.

« Je ne lui avais pas porté l'attention qu'elle méritait, tout simplement. Vous étiez là, America, cela me suffisait.

— Vous l'aimez ?

— Pas comme je vous ai aimée. Notre relation est moins tumultueuse, plus apaisée. Je peux compter sur Kriss et je sais qu'elle m'est très attachée. Vous avez pu le remarquer, la stabilité n'existe pas dans mon univers. En cela, Kriss m'apporte une bouffée d'air frais.

— Et Celeste ? Puisque Kriss répond à toutes vos attentes…

Maxon se met debout et fait les cent pas.

— Comme vous le savez, répond-il d'une voix qui trahit un certain embarras, je vis dans un stress permanent. On m'observe, on me juge en permanence. Mes parents, nos conseillers, l'œil des caméras qui s'insinuent dans chaque aspect de ma vie. Imaginez ce que je ressens.

« Vous n'ignorez pas que mon père est censé me confier la couronne quand j'aurai une vingtaine d'années, dès qu'il me sentira prêt à lui succéder. Mais vous comprenez aussi qu'il continuera à tirer les ficelles en coulisse. Il exercera son influence jusqu'à sa mort mais je ne veux pas qu'il meure, même s'il me maltraite... c'est mon père, après tout.

« Et, puisqu'on parle de lui, sachez qu'il joue de son influence sur la Sélection depuis le début. Si vous regardez les jeunes filles qui sont restées, c'est flagrant. Natalie est extrêmement malléable, ce qui en fait sa favorite. L'affection qu'il lui porte provoque en moi une haine que je dois combattre. Elise a des alliés en Nouvelle-Asie, mais je ne suis pas certain que cela nous soit d'un quelconque recours dans cette guerre... et Elise est si... je n'arrive pas à trouver le mot juste. Je sais que je ne veux pas d'une compagne qui aille toujours dans le même sens que moi, ou qui me mette sur un piédestal. Lorsque je m'amuse à contredire Elise, elle retourne immédiatement sa veste. C'est systématique. Et exaspérant. Cela confine à la lâcheté.

Maxon se retourne et vrille son regard sur moi

— C'est vous que j'avais choisie, America. Vous seule, dès le départ. Mon père n'était pas très content mais, à ce moment-là, vous n'aviez encore rien fait pour le contrarier. Tant que vous vous êtes tenue tranquille, cela ne le dérangeait pas. En fait, il appréciait votre comportement exemplaire. Il s'est servi de vos récents exploits pour dénoncer ma naïveté et il exige d'avoir le dernier mot.

« Mais je m'égare. Les autres – Marlee, Kriss et Celeste – ont été sélectionnées par nos conseillers. Marlee était une de leurs préférées, de même que Kriss. Kriss serait un excellent choix. Je regrette juste qu'elle refuse toute intimité. J'aimerais vérifier s'il y a une alchimie entre nous.

« Quant à Celeste, elle est très influente, et très télégénique. C'est une célébrité à part entière. Il paraîtrait normal qu'une jeune fille aussi phénoménale devienne princesse. J'apprécie énormément sa ténacité. Elle, elle sait ce qu'elle veut. Mais elle se sert de la Sélection pour son seul profit. Je sais que quand elle me prend dans ses bras, c'est la couronne qu'elle convoite.

Maxon ferme les yeux, comme s'il s'apprêtait à sauter du haut d'une falaise.

— Elle m'exploite, alors je n'ai aucun scrupule à l'exploiter en retour. Je ne serais pas surpris d'apprendre qu'on l'a encouragée à se jeter dans mes bras. Et je suis capable de respecter les limites que m'impose Kriss. Je préférerais de loin être à vos côtés, mais vous m'adressez à peine la parole… C'est un crime de souhaiter un quart d'heure d'insouciance ? De plaisir ? De croire, même fugitivement, que quelqu'un m'aime ? Vous aurez beau juger cela indigne de mon rang, ne comptez pas sur moi pour regretter mes actes.

— Je peux le comprendre.

Je repense à Aspen, à ces soirées passées entre ses bras. J'ai fait exactement ce que Maxon a fait : j'ai cherché du réconfort là où il se trouvait.

— Vous allez la choisir ? Je veux parler de Celeste.

— Elle passerait devant Elise et Natalie, le cas échéant. Mais cela n'arrivera pas tant que Kriss décide de rester dans la compétition.

— Kriss est un excellent choix. Elle fera une princesse bien plus compétente que moi.

— Elle prend moins d'initiatives, pourtant. Je me demande ce qui arriverait au pays si vous teniez le gouvernail.

— Je le transformerais sûrement en tas de ruines.

— Peut-être est-ce souhaitable, tout compte fait, rétorque Maxon avec un sourire.

Nous restons silencieux un long moment. J'imagine notre univers réduit à l'état de décombres encore fumants.

— Voulez-vous m'accorder une faveur ? me demande Maxon.

— Quel genre de faveur ?

— Eh bien, j'ai partagé beaucoup de choses avec vous ce soir qui étaient très difficiles à avouer. Je me demandais si vous accepteriez de répondre à une question.

— Oui. Bien sûr.

— M'avez-vous aimé un jour, America ?

Je fais une courte pause avant de formuler ma réponse

— Je sais qu'à l'époque où je vous croyais responsable du supplice de Marlee, cela m'a brisé le cœur. Parce que je ne voulais pas vous considérer comme un bourreau. Je sais que quand vous parlez de Kriss, ou quand je vous revois embrasser Celeste… la jalousie me suffoque. Au moment d'Halloween, je pensais à notre avenir. J'aurais répondu oui sans hésiter. Mais, malgré tout…

— Merci, chuchote-t-il. Je sais désormais avec certitude que nous étions, à une époque, sur la même longueur d'onde.

— J'ai commis des erreurs. J'ai laissé la perspective de la couronne me remplir de peur et m'éloigner de vous. J'ai voulu me convaincre que vous n'étiez rien pour moi. Que vous m'aviez menti, que vous n'aviez pas confiance en moi. Je me suis laissé convaincre que je ne comptais pas à vos yeux.

« Il me suffit de voir votre dos pour comprendre que vous êtes prêt à tout pour moi. Et j'ai laissé passer cette chance. Je l'ai gâchée…

Maxon ouvre ses bras et je me blottis contre lui. Il me serre contre son cœur. J'aimerais tant effacer le passé et m'accrocher à cette sensation fugace.

— Ne pleurez pas, très chère. Je bannirais éternellement les larmes de vos yeux si cela m'était possible…

— Je ne vous reverrai jamais. Par ma faute.

— Non, j'aurais dû être plus démonstratif.

— Et moi plus patiente.

— J'aurais dû vous demander votre main ce soir-là, dans votre chambre.

— Oui, vous auriez dû.

— America, je ne sais pas combien de temps il nous reste ensemble, mais je ne veux pas le perdre à ressasser nos regrets.

— Moi non plus.

Je dépose un baiser au creux de sa paume, puis sur le bout de ses doigts. Il glisse une main dans mes cheveux et m'embrasse à pleine bouche. Le feu couve encore sous la cendre, ce baiser le prouve.

Nous nous laissons tomber par terre, écrasés par les sentiments. Au bout d'un certain temps, je vais chercher les couvertures posées sur l'étagère et nous préparons un lit de fortune. Maxon me tient dans ses bras, longtemps, me berçant tendrement. Si cela ne tenait qu'à moi, je resterais des siècles dans cette position. Il finit par remettre sa chemise et enfile son manteau afin de camoufler les taches de sang. Malgré la fatigue, nous poursuivons notre conversation. Le temps est trop précieux pour dormir.

— Vous pensez le revoir ? Votre ancien petit ami ? me demande Maxon.

Je réfléchis un instant.

— C'est un bon parti. Intelligent, courageux et encore plus têtu que moi, si c'est possible. J'aurai quand même du mal à tourner la page.

Le silence s'éternise.

— M'autorisez-vous à vous écrire ?

— Attendez quelques mois. Qui sait, peut-être m'effacerez-vous très vite de vos souvenirs. Et si vous m'écrivez… il faudra le dire à Kriss.

— Vous avez raison.

Ainsi donc, mon départ est inéluctable… J'ai du mal à croire que cet enchaînement de catastrophes se produit à cause d'un simple livre.

Mes yeux s'écarquillent soudain. Un livre !

— Maxon, et si les Renégats du Nord cherchaient les carnets secrets de Gregory Illeá ?

— Que voulez-vous dire ?

— Le jour où je me suis perdue dans la forêt, je les ai vus passer à côté de moi. Une fille a fait tomber un sac rempli de livres. Un de ses complices avait les bras chargés, lui aussi. Ils pillent les bibliothèques.

— America… qu'y a-t-il dans le journal de Gregory Illeá, exactement ?

— Beaucoup de choses. J'ai appris que Gregory Illeá s'est accaparé le pays, qu'il a imposé les castes à son peuple. C'est un personnage horrible, Maxon.

— Les Renégats ne doivent en aucun cas découvrir ce que ce livre contient. Votre intervention pendant le Bulletin a été censurée. Croyez-moi, après votre petit spectacle, mon père va les mettre en lieu sûr.

— C'est le journal qu'ils veulent. J'en suis sûre.

— Ne vous enflammez pas. L'explication est peut-être très simple : les Renégats adorent lire.

Je lâche un grognement de frustration.

— Chut. Essayez de dormir, me conseille Maxon.

— Mais je n'ai pas sommeil, dis-je en bâillant.

— Moi non plus. Même les bons jours, cela me rend nerveux de dormir.

Son aveu me brise le cœur. Soudain, il me lâche la main, explore sa poche. Nous sommes tous les deux à la lisière du sommeil. Il noue un lien autour de mon poignet. Un bracelet. Le bracelet en perles qu'il m'a acheté en Nouvelle-Asie.

— Il n'a pas quitté ma poche. Je suis un incorrigible romantique. J'allais le garder, mais je veux que vous ayez un souvenir de moi.

— Merci. Voilà qui me rend heureuse.

— Dans ce cas je suis heureux, moi aussi.

Et le sommeil nous enveloppe dans son cocon.

30

C'est le grincement de la porte qui me réveille. Une lumière aveuglante se déverse à l'intérieur de l'abri et je dois me faire une visière de la main.

— Votre Majesté ? Oh, je l'ai trouvé. Il est vivant !

Une meute de gardes et de majordomes envahit notre sanctuaire.

— Vous n'avez pas pu descendre au sous-sol, Majesté ? demande un officier – Markson, c'est indiqué sur son badge.

— Non. Un garde devait en informer mes parents, explique Maxon en remettant un semblant d'ordre dans ses cheveux. Je lui ai ordonné de les avertir de toute urgence.

— Quel garde ?

— Je n'ai pas retenu son nom, répond-il avant de m'interroger du regard.

— Moi non plus. Mais il portait une chevalière en métal gris au pouce. On aurait dit de l'étain.

— Tanner. Les Renégats l'ont exécuté. Nous avons perdu vingt-cinq hommes dans la bataille, ainsi qu'une dizaine de domestiques.

Vingt-cinq hommes ? Mon sang ne fait qu'un tour. J'espère qu'Aspen est sain et sauf. En réservant mon attention à Maxon, j'ai complètement oublié les autres, qui risquaient leur vie au même moment.

— Comment vont mes parents ? s'enquiert Maxon. Et les autres membres de l'Élite ?

— Ils sont indemnes, Majesté. Même si madame votre mère a mal supporté l'attaque.

— Elle est sortie du refuge ?

— Oui, avec les autres. Nous étions en train d'explorer les abris qui nous avaient échappé une première fois, dans l'espoir de vous y trouver.

— Je vais aller la rassurer.

Soudain, Maxon se fige sur le seuil de l'abri. Je suis son regard, et le chaos me frappe en pleine figure.

Le même graffiti, inscrit à l'infini sur les murs.

ON NE VOUS RATERA PAS.

Les tapis et la moquette sont maculés de sang, là où sont tombés une petite bonne sans défense, un soldat courageux. Des vitres sont fracassées, des éclats de verre jonchent le sol. Des lampes ont été mises en pièces ; certaines refusent de s'éteindre, comme par bravade, et s'obstinent à clignoter. Des trous énormes ont été percés dans les murs et je me demande, à leur vue, si les Renégats ne cherchaient pas des gens ayant trouvé refuge dans les abris, derrière les murs détruits. S'ils ne pourchassaient pas des victimes innocentes. Sommes-nous passés à côté de la mort hier soir sans le savoir ?

Un garde me tire de ma contemplation.

— Mademoiselle ? Il apparaît que l'attaque dirigée contre la famille de mademoiselle Natalie était une manœuvre visant à mettre fin à la Sélection. Ils ciblent vos proches afin de vous atteindre. Nous avons dépêché des soldats dans votre province pour qu'ils assurent leur protection. Le roi a interdit à quiconque de quitter la Sélection.

— Et si l'une des concurrentes souhaite partir ? proteste Maxon. Nous ne pouvons pas les retenir contre leur gré…

— Vous devrez consulter le roi à ce sujet, Votre Altesse.

— Vous n'aurez pas à veiller longtemps sur ma famille. Faites-leur savoir que je rentre très bientôt.

— Fort bien, mademoiselle.

— Ma mère se trouve-t-elle dans ses appartements ? demande Maxon.

— Tout à fait.

— Dites-lui que je la rejoins. Et merci pour tout ce que vous avez fait.

Le garde s'éclipse, nous voici à nouveau seuls. Maxon prend ma main dans la sienne.

— Ne précipitez pas les choses. Prenez le temps de dire au revoir à vos femmes de chambre, à vos amies. Prenez un dernier repas. Je sais combien vous êtes friande des petits plats préparés par nos cuisiniers.

— Avec plaisir.

Maxon contient difficilement sa nervosité. C'est fini. L'heure des adieux a sonné.

— Jamais je ne vous oublierai, America. Vous avez fait de moi un autre homme.

— J'espère que vous ne confierez notre code secret à personne. Il est à moi et à moi seule, dis-je avec un sourire figé.

— Il y a beaucoup de choses qui sont à vous, America…

Maxon dépose un dernier baiser, fugitif, sur mes lèvres, et remonte le couloir à grandes enjambées. Je le regarde disparaître au coin d'un mur.

Chaque marche de l'escalier est une torture. J'ai peur que Lucy ne manque à l'appel quand j'appuierai sur la sonnette. Mary et Anne aussi, d'ailleurs. Quant à Aspen, je n'en parle même pas.

À l'étage où logent les Sélectionnées règne une ambiance de fin du monde. Les Renégats ont consciencieusement saccagé le plus bel endroit que je connaisse. Il faudra du temps, et de l'argent – beaucoup d'argent – pour panser les plaies du palais royal.

Tandis que j'approche de ma chambre, j'entends quelqu'un pleurer. Lucy. Pourquoi pleure-t-elle ? Partagée entre soulagement et terreur, j'entre.

Paupières bouffies par les larmes et joues écarlates, Mary et Anne balaient des éclats de verre par terre. Dans un coin, Lucy donne libre cours à ses larmes entre les bras d'Aspen.

— Chut. Ils vont la retrouver, j'en suis certain.

En les voyant tous sains et saufs, j'éclate en sanglots.

— Vous n'avez rien ! Tout le monde va bien !

Lucy se rue sur moi. Mary et Anne l'imitent aussitôt.

— Oh, ce n'est pas convenable, grogne Anne.

— Fiche-nous la paix avec tes convenances, rétorque Mary.

Aspen nous observe avec un sourire en coin. Rassuré, lui aussi, de me voir vivante. Mary me guide vers le lit, qui est en piteux état. Les oreillers ont été éventrés, les édredons réduits en charpie. Il y a des plumes jusque dans les recoins.

— Où donc étiez-vous ? Ils vous ont cherchée partout.

— Dans l'un des abris qu'ils n'ont pas pris la peine de fouiller au début. Maxon va bien lui aussi.

— Ouf, souffle Anne.

— Il m'a sauvé la vie. J'allais me promener dans les jardins quand l'attaque s'est produite. Si les Renégats m'avaient croisée dehors...

— Ne dites pas d'horreurs !

— Pas de souci, mademoiselle. Nous allons ranger votre chambre en deux temps trois mouvements et nous venons tout juste d'apporter la dernière touche à une nouvelle robe. Et aussi...

— Ne vous fatiguez pas. Je rentre chez moi aujourd'hui. Je vais enfiler quelque chose de simple et partir d'ici quelques heures.

— Quoi ? Mais pourquoi ? s'écrie Mary.

— Ça n'a pas marché.

— Moi qui vous considérais depuis le début comme la grande gagnante, s'étrangle Lucy. Et après tout ce que vous nous avez dit hier soir... je n'arrive pas à y croire.

— À partir de maintenant, j'aimerais que vous apportiez votre soutien à Kriss. Pour moi.

— Bien entendu, m'assure Anne.

— Tout ce que vous voulez, renchérit Mary.

Aspen s'éclaircit alors la voix.

— Mesdemoiselles, je vous serais reconnaissant de nous laisser seuls un instant, mademoiselle America et moi. Si elle part aujourd'hui, il faut que je lui rappelle certaines mesures de sécurité. Anne, allez donc lui chercher des serviettes propres et d'autres petits souvenirs. Mary, faites un tour aux cuisines. Lucy, avez-vous besoin de repos ?

— Non ! Je suis en pleine forme.

— Lucy, si tu te sens d'attaque, retourne à l'atelier de couture et finis cette robe, ordonne Anne. Nous te rejoignons très vite. Je me fiche de ce que les autres diront, mademoiselle America, mais vous partirez vêtue comme une princesse.

Je lance un sonore :

— Oui chef !

Et elles partent vaquer à leurs occupations. Une fois seul avec moi, Aspen se rapproche d'un bond.

— J'ai cru qu'ils t'avaient tuée. Que je t'avais perdue pour toujours.

— Pas aujourd'hui.

— J'ai eu ta lettre. Je ne savais pas que Gregory Illeá avait écrit un journal intime.

— Je ne pouvais pas t'en parler.

— Dans ce cas, tu n'aurais pas dû montrer ce journal au pays tout entier. Et ce projet de suppression des castes… Tu as pris des risques énormes, tu t'en rends compte ?

— Oui… avec le recul.

— Et Maxon t'a chassée à cause de ça ?

— Pas tout à fait. C'est le roi le responsable. Il ne veut pas de moi comme belle-fille.

— Je m'étais habitué à ta présence.

— Je sais.

— Je vais t'écrire. Et je peux t'envoyer de l'argent si tu le souhaites. J'en ai plus que nécessaire. On pourra se marier dès mon retour en Caroline. Je sais qu'il faudra être patient mais…

— Aspen, j'ai besoin de faire une pause. De reprendre haleine.

— Tu ne veux pas que je t'écrive, que je prenne de tes nouvelles ?

— Pas tout de suite, s'il te plaît. Je veux d'abord passer un peu de temps auprès de ma famille, retrouver mes repères. Après tout ce que j'ai vécu ici...

— C'est toujours Maxon que tu veux, déclare Aspen d'un ton accusateur. Après tout ce qu'il a fait – après ce qu'il a fait à Marlee –, tu penses toujours à lui.

— J'aimerais pouvoir t'expliquer ce qui s'est passé avec Marlee, mais j'ai promis à Maxon de garder le secret. Je n'ai aucune rancune envers lui. Et je sais que c'est terminé entre lui et moi. Définitivement.

Aspen laisse échapper un ricanement aussi méprisant qu'incrédule. Imperturbable, je poursuis mon argumentation :

— Quand tu m'as quittée, la Sélection est devenue ma bouée, parce que je savais qu'elle allait m'aider à tourner la page. À ne pas me noyer dans le chagrin. Et quand je t'ai revu ici, tout a changé. C'est toi qui m'as abandonnée dans la cabane, ne l'oublie pas, mais tu continues à penser qu'en imposant ton point de vue, tout redeviendra comme avant. Ce n'est pas comme ça que ça marche !

— Parce que je ne suis pas ton seul et unique choix, Ame ?

— Si, bien sûr. Mais je ne veux pas être la fille avec laquelle tu te maries faute de mieux, parce que tu n'aurais posé les yeux sur aucune autre. Parce que tu n'as pas trouvé un parti plus intéressant jusqu'ici. Un pis-aller, en quelque sorte.

— Je me contrefous de tout ça ! me répond Aspen avec des accents passionnés.

Soudain, il se jette sur moi, me prend le visage à pleines mains et m'embrasse ardemment.

Je reste de marbre. Il s'écarte et tente de déchiffrer mon expression.

— Que se passe-t-il, America ?

— J'ai le cœur brisé ! Réduit en miettes ! Voilà ce qui se passe ! Tu es la seule chose que j'ai encore, et tu ne m'aimes pas assez pour me laisser respirer.

— Excuse-moi, Ame. C'est juste que je pensais t'avoir perdue, et mon instinct m'a poussé à me battre. Comme on m'a toujours appris à le faire.

« Je peux attendre. Quand tu seras prête, écris-moi. Détrompe-toi : je t'aime assez pour te laisser respirer.

Je me jette dans ses bras mais tout est différent à présent. Je m'étais convaincue qu'Aspen ne disparaîtrait jamais de ma vie et je me demande pour la première fois si je ne me faisais pas d'illusions.

— Merci. Ne joue pas au héros, Aspen. Ne fais pas de bêtises.

Il recule d'un pas, dépose un baiser sur mon front sans mot dire et quitte ma chambre.

Je me retrouve seule. Désespérément seule.

31.

— Elle n'est pas un peu trop somptueuse, cette robe ?

— Pas du tout ! proteste Mary.

L'après-midi est déjà bien entamé mais mes trois femmes de chambre ont insisté pour que j'enfile une robe de soirée. Une robe de couleur pourpre, munie d'un haut col qui me protégera des courants d'air en Caroline, où il fait plus frais qu'à Angeles. Une longue cape est drapée autour de mon bras. Elles ont fait de ma coiffure une véritable œuvre d'art. Dommage que la reine Amberly ne puisse pas me voir dans cette tenue, elle-même serait impressionnée.

— Je ne veux pas m'attarder, dis-je. C'est déjà assez difficile. Je voudrais juste vous remercier, du fond du cœur, pour tout ce que vous avez fait pour moi. Pas seulement pour toutes ces belles robes, mais aussi pour le temps que vous m'avez consacré. Jamais je ne vous oublierai.

— On ne vous oubliera pas non plus, mademoiselle, me promet Anne.

— Très bien, assez pleuré pour aujourd'hui. Si vous pouviez annoncer à mon chauffeur que j'arrive, ça me permettrait de reprendre mes esprits un instant.

— Bien entendu.

— Cela va toujours à l'encontre du protocole de vous prendre dans mes bras ? me demande Mary.

— Au diable le protocole ! répond Anne, et les filles me serrent une dernière fois sur leur cœur.

— Prenez soin de vous.

— Vous aussi, mademoiselle.

— Vous êtes un cœur noble, ajoute Anne.

— Merci pour tout mam'selle, souffle Lucy, au bord des larmes. Vous allez me manquer.

— Toi aussi, tu vas me manquer.

Je les salue de la main, elles m'offrent une dernière révérence puis elles me laissent seule.

Ce départ, je l'ai imaginé, je l'ai rêvé, je l'ai attendu des centaines de fois ces dernières semaines. Maintenant qu'il se rapproche inexorablement, je l'appréhende. Je sors un instant sur le balcon et je contemple les jardins, ce banc sur lequel Maxon et moi avons fait connaissance. Je ne sais pas pourquoi, mais j'espérais le voir une dernière fois. J'effleure le bracelet de perles fixé à mon poignet, je tourne le dos au jardin, je traverse ma chambre et je m'engage dans le couloir que j'arpente à pas lents, embrassant une dernière fois du regard la beauté de cette architecture ternie par les miroirs brisés et les cadres cassés.

Lorsque j'atteins la porte principale je marque un temps d'arrêt, trop habituée à me considérer comme une prisonnière. Il me semble presque illégitime de la franchir.

— America ?

Stupéfaction. Maxon a surgi à l'autre bout du couloir. Je ne m'attendais pas à le voir ici, à l'heure des adieux. Il se précipite vers moi.

— Bonjour, Maxon.

— Vous êtes resplendissante.

— Merci.

Nous nous dévisageons longuement. Il s'éclaircit la voix, comme s'il revenait à lui-même.

— J'ai parlé de votre cas avec mon père.

— Vraiment ?

— Vraiment. Il était ravi que j'aie survécu à l'attaque des Renégats. Perpétuer la lignée royale, c'est primordial pour lui, vous l'avez deviné. Je lui ai expliqué que vous m'avez sauvé la vie.

— Mais c'est faux…

— Certes, mais il n'a pas besoin de le savoir. Je lui ai ensuite dit que je vous avais un peu tapé sur les doigts. Il n'a pas besoin de savoir, là non plus, que c'est faux – mais agissez en fonction, je vous le demande instamment.

Je ne comprends toujours pas où Maxon veut en venir mais j'acquiesce, et il enchaîne :

— Étant donné que je vous dois la vie – , c'est du moins ce que croit mon père –, il accepte de vous garder au palais, à condition que vous vous teniez correctement et que vous ne prononciez pas un mot plus haut que l'autre.

Je dévisage Maxon, abasourdie.

— Le plus juste, ce serait de laisser partir Natalie, poursuit-il. Elle n'est pas taillée pour cette vie ; et avec le deuil que sa famille traverse en ce moment, sa place est chez elle. Avez-vous besoin d'autres éclaircissements ?

— S'il vous plaît…

— Vous resterez au palais en tant que membre de la Sélection, mais les choses seront différentes. Mon père va tout faire pour vous mettre des bâtons dans les roues. Vous le connaissez, il est impitoyable. Il faut vous y préparer.

— Je crois que je suis déjà prête.

— Ce n'est pas tout. America, vous savez que je vous ai donné mon cœur dès le premier jour. Ne l'oubliez pas.

— Je ne l'oublie pas.

— Mais vous n'avez pas obtenu ma confiance.

— Votre confiance ?

— Je vous ai révélé plusieurs de mes secrets, je vous ai défendue au mépris de ma propre personne. Il suffit que mon attitude vous déplaise pour que vous m'imposiez vos caprices. J'ai droit à des bouderies, des accusations ou, pire encore, des rébellions en direct devant les caméras et le royaume tout entier. Je dois savoir si je peux vraiment compter sur vous. Si vous saurez garder mes secrets, vous fier à mon jugement, me montrer une totale honnêteté. Arrêtez de contester mes décisions. Faites-moi confiance, America.

— Mais je vous fais confiance ! J'espère que vous finirez par le comprendre. Mais cette honnêteté, elle doit circuler dans les deux sens.

— Très juste. Il y a des choses que je veux vous dire mais elles sont tellement confidentielles qu'il est capital pour moi de savoir si je peux, oui ou non, vous accorder cette confiance.

Je m'apprête à lui répondre mais je suis interrompue par une arrivée inopportune.

— Maxon, vous êtes là, lance Kriss en surgissant au coin du couloir. J'ai oublié de vous demander si nous dînions toujours ensemble ce soir.

— Bien sûr, répond Maxon sans me quitter du regard. Rendez-vous dans votre chambre.

— Formidable !

Elle s'approche de nous, le regard pétillant d'espoir.

— America ? Tu t'en vas vraiment, alors ?

Je me tourne furtivement vers Maxon, dont l'expression semble dire : *Il faut que vous assumiez les conséquences de vos actes. Faites-moi confiance.*

— Non, Kriss, pas encore.

— Tant mieux. J'étais terriblement inquiète pour toi hier soir. Je suis contente de te voir indemne.

Elle pousse un soupir théâtral et me prend dans ses bras, jouant un peu la comédie pour le bénéfice de Maxon. Pourtant, elle est ce qui se rapproche le plus d'une amie.

— Merci, j'ai eu de la chance… de la chance que les gardes soient arrivés à temps.

— Tant mieux. Bon, nous nous voyons plus tard. À tout à l'heure, Maxon.

Sur ces mots, Kriss s'éloigne d'un pas sautillant. Moi aussi, en voyant l'homme que j'aime évincer son ancienne favorite, je serais sur un petit nuage.

— Je sais que vous désapprouvez mon comportement, s'excuse Maxon, mais j'ai besoin de Kriss. Si vous abandonnez la Sélection, c'est sur elle que se portera mon choix.

— Je n'abandonnerai rien, soyez-en sûr.

Je dépose un baiser sur sa joue et je regagne mon étage sans un regard en arrière. Il y a quelques minutes à peine, je pensais avoir perdu Maxon pour de bon ; maintenant que je sais que je suis toujours en lice, je vais me battre. Comme une furie.

En remontant l'escalier principal, je sens le courage revenir peu à peu. J'ai l'impression qu'aucun obstacle ne peut bloquer ma route. Peut-être le roi a-t-il capté mon euphorie, ou peut-être se tient-il en embuscade ; dans un cas comme dans l'autre, lorsque j'atteins le palier, il est là, au milieu du couloir, et il s'avance vers moi à pas lents, parfaitement maître de ses émotions. Quand il se plante face à moi, j'exécute une révérence.

— Votre Majesté.

— Mademoiselle America. Il semblerait que vous allez nous honorer de votre présence encore un certain temps.

— Il semblerait, oui.

— Parlons peu mais parlons bien. Que pensez-vous de ma femme ?

Je fronce les sourcils, surprise par la tournure que prend notre discussion.

— Je trouve la reine incroyable. Les mots me manquent, en fait.

— Une femme exceptionnelle à tous points de vue. Belle et modeste tout à la fois. Timide, mais pas au point d'être lâche. Docile, facile à vivre... et elle a le bon goût de briller dans la conversation. Malgré sa basse extraction, le destin lui a accordé la stature d'une reine... tout le contraire de vous, en quelque sorte.

J'essaie de me contenir tandis qu'il énumère mes prétendus défauts.

— Vous êtes absolument quelconque. Les cheveux roux, le teint pâle, la silhouette passable ; Celeste est un astre à côté de vous. Quant à votre tempérament... vous êtes malpolie, vulgaire ; la seule fois où vous vous impliquez dans un projet sérieux, vous n'hésitez pas à compromettre la sécurité du royaume. Et je ne parle même pas de votre posture, de votre démarche. Kriss est mille fois plus jolie, et plus amène.

« N'oublions pas qu'il n'y a aucun avantage politique à vous intégrer dans notre famille. Vous n'êtes pas issue d'une caste assez modeste pour l'édification des masses, vous ne connaissez personne d'influent. Elise, en revanche, nous a été d'une aide précieuse pendant notre voyage en Nouvelle-Asie.

Je soupçonne le roi d'être mythomane. Kriss m'a bien confié qu'ils n'ont jamais pris contact avec la famille d'Elise, ni lui ni Maxon. Il se passe quelque chose qui m'échappe.

— Que faites-vous ici, America ? finit-il par asséner.

— Il va falloir que vous posiez cette question à Maxon.

— Je vous la pose à vous.

— Il veut que je reste. Et, pour ma part, je veux rester. C'est aussi simple que ça.

— Quel âge avez-vous ? Seize ans ? Dix-sept ?

— Dix-sept ans.

— Vous êtes d'une grande ignorance en ce qui concerne les hommes, de toute évidence. Sachez qu'ils peuvent être très volages. Ne vous accrochez pas trop solidement à Maxon, son cœur ne vous est pas acquis. Rien de ce qui se passe dans ce palais ne m'est étranger. Je sais que certaines filles lui proposent beaucoup plus que vous. Une personne commune ne peut tirer son épingle du jeu.

Certaines filles ? Au pluriel ? Maxon ne fricote pas seulement avec Celeste ? Il m'a pourtant promis la franchise. Est-ce qu'il me cache encore quelque chose ?

— Si ce que vous dites est vrai, Maxon me laissera partir en temps et en heure et vous n'avez aucune inquiétude à avoir.

— Au contraire ! Si, dans son insondable stupidité, mon prince de fils jette son dévolu sur vous, vos petites plaisanteries stupides pourraient nous coûter très cher. Des décennies d'efforts réduites à néant !

Plus je recule, plus il cherche à me dominer, à m'écraser. Il chuchote presque et ses menaces à peine voilées m'effraient encore plus que ses hurlements.

— Vous allez devoir apprendre à tenir votre langue, chère demoiselle. Sinon, vous trouverez en moi un ennemi impitoyable. Et vous vous en mordrez les doigts.

— Je comprends.

— Formidable, lance le roi, soudain enjoué. Je vous laisse regagner votre chambre. Excellente fin de journée.

Il me laisse seule, plantée au milieu du couloir. C'est seulement après son départ que je me rends compte que je tremble comme une feuille.

Un déclic se produit alors en moi. Je suis nerveuse, c'est vrai, mais surtout en colère. Pour qui se prend-il, ce bonhomme ? Ce n'est pas parce qu'il est roi – dictateur, pour être plus précise – et qu'il opprime tout un peuple qu'il a le droit de régir mon existence. Je ne me laisserai pas faire.

Je pense à Maxon, qui a aidé Marlee à reconstruire sa vie. Je suis certaine qu'il ferait un meilleur roi que son père. Parce qu'il sait ce que c'est, compatir au malheur des autres.

De retour dans ma chambre, j'appuie sur la sonnette. Mes femmes de chambre répondent à mon appel en un temps record.

— Mademoiselle ? s'inquiète Anne, hors d'haleine. Il y a un problème ?

— Ça dépend. Si je vous annonce que je reste au palais, vous considérez cela comme un problème ou non ?

— Vous restez vraiment ? piaille Lucy.

— J'en ai bien l'impression, oui.

— Mais vous nous aviez expliqué…

— Oui, je sais. C'est un peu compliqué. Tout ce que je peux vous dire, c'est que l'on m'a donné une seconde chance. Et j'ai bien l'intention de m'en saisir. Pour Maxon.

— C'est tellement romantique ! s'exclame Mary, et Lucy tape dans ses mains.

— Chut, chut ! les reprend Anne. Si mademoiselle veut gagner le cœur du prince, il va falloir échafauder un plan.

Et elle affiche un sourire machiavélique. Avec des alliées pareilles, je ne vois pas comment la victoire pourrait m'échapper…

Remerciements

Salut à vous, fougueux lecteurs ! Merci mille fois d'avoir lu mon livre ! J'espère qu'il aura été la cause d'insoutenables émotions qu'il vous aura absolument fallu tweeter à 3 heures du mat'. C'est ce que ça m'a fait à moi…

À Callaway, le mari le plus attentionné qu'une femme puisse rêver. Merci de ton soutien et d'être si fier de ce que je fais. Ce livre est devenu ce qu'il est grâce à toi. Je t'aime.

À Guyden et Zuzu, Maman vous adore, mes anges ! J'adore vraiment les livres que j'écris, mais vous resterez toujours ce que j'ai fait de mieux dans ma vie.

À Maman, Papa et Jody, merci d'être une famille plus bizarre tu meurs et de m'aimer comme je suis.

À Mimi, Papi et Chris, merci pour votre amour, votre soutien et pour votre enthousiasme toujours aussi vifs à chaque nouvelle étape.

À tous les autres membres de la famille – j'ai trop de noms en tête pour faire une liste ! –, merci ! Je sais qu'où que vous vous trouviez, vous n'arrêtez pas de tresser des couronnes à votre nièce/petite-fille/cousine l'écrivain. Ça me fait vraiment chaud au cœur de savoir que vous êtes derrière moi depuis le début de cette aventure.

À Elana, merci pour tout ou presque. Rien ne serait arrivé sans toi *embrassade maladroite*.

À Erica, merci de m'avoir écoutée au téléphone des heures durant, d'avoir partagé mon enthousiasme pour cette histoire, et plus généralement merci d'être aussi géniale !

À Kathleen, merci de t'être retroussé les manches pour que les Brésiliens, les Chinois, les Indonésiens et qui sais-je encore aient l'occasion de lire ce livre ! J'ai encore du mal à y croire !

Au gang de chez Harper Teen, vous déchirez grave et je vous adore !

À FTW… *danse pour fêter ça*.

À Northstar, merci d'héberger la famille Cass.

À Athena, Rebecca et à toute la bande de Christianburg Panera pour m'avoir préparé de délicieux chocolats chauds et vous être dandinés d'un air gêné tandis que je répondais à des interviews télépho niques. Merci !

À Jessica et Monica… tout simplement parce qu'une promesse est une promesse, et vous me faites tellement rire !

À vous, lecteurs, pour être restés fidèles à America (et à moi-même) à mesure que son aventure progresse. Vous êtes carrément décoiffants.

À Dieu pour le bonheur que c'est d'écrire. Sans ça, je serais perdue.

À la sieste… vers laquelle je me dirige en ce moment. Et aux gâteaux, juste parce que.

Night School

de C.J. Daugherty

Tome 1

Qui croire quand tout le monde vous ment ?

Allie Sheridan déteste son lycée. Son grand frère a disparu. Et elle vient d'être arrêtée. Une énième fois. C'en est trop pour ses parents, qui l'envoient dans un internat au règlement quasi militaire. Contre toute attente, Allie s'y plaît. Elle se fait des amis et rencontre Carter, un garçon solitaire, aussi fascinant que difficile à apprivoiser... Mais l'école privée Cimmeria n'a vraiment rien d'ordinaire. L'établissement est fréquenté par un fascinant mélange de surdoués, de rebelles et d'enfants de millionnaires. Plus étrange, certains élèves sont recrutés par la très discrète « Night School », dont les dangereuses activités et les rituels nocturnes demeurent un mystère pour qui n'y participe pas. Allie en est convaincue : ses camarades, ses professeurs, et peut-être ses parents, lui cachent d'inavouables secrets. Elle devra vite choisir à qui se fier, et surtout qui aimer...

Le premier tome de la série découverte par le prestigieux éditeur de *Twilight*, *La Maison de la nuit*, *Nightshade* et Scott Westerfeld en Angleterre.

Tome 2 : *Héritage*

Tome 3 à paraître à partir de mi-2013

LES CENDRES DE L'OUBLI

- Phænix -

Livre 1

de Carina Rozenfeld

Elle a 18 ans, il en a 20. À eux deux ils forment le Phœnix, l'oiseau mythique qui renaît de ses cendres. Mais les deux amants ont été séparés et l'oubli de leurs vies antérieures les empêche d'être réunis...

Anaïa a déménagé en Provence avec ses parents et y commence sa première année d'université. Passionnée de musique et de théâtre, elle mène une existence normale. Jusqu'à cette étrange série de rêves troublants dans lesquels un jeune homme lui parle et cette mystérieuse apparition de grains de beauté au creux de sa main gauche. Plus étrange encore : deux beaux garçons se comportent comme s'ils la connaissaient depuis toujours...

Bouleversée par ces événements, Anaïa devra comprendre qui elle est vraiment et souffler sur les braises mourantes de sa mémoire pour retrouver son âme sœur.

La nouvelle série envoûtante de Carina Rozenfeld, auteur jeunesse récompensé par de nombreux prix, dont le prestigieux prix des Incorruptibles en 2010 et 2011.

Second volet : *Le Brasier des souvenirs*

GLITCH

de Heather Anastasiu

L'amour est une arme

Dans une société souterraine où toute émotion a été éradiquée, Zoe possède un don qu'elle doit à tout prix dissimuler si elle ne veut pas être pourchassée par la dictature en place.

L'amour lui ouvrira-t-il les portes de sa prison ?

Lorsque la puce de Zoe, une adolescente technologiquement modifiée, commence à glitcher (bugger), des vagues de sentiments, de pensées personnelles et même une étrange sensation d'identité menacent de la submerger. Zoe le sait, toute anomalie doit être immédiatement signalée à ses Supérieurs et réparée, mais la jeune fille possède un noir secret qui la mènerait à une désactivation définitive si jamais elle se faisait attraper : ses glitches ont éveillé en elle d'incontrôlables pouvoirs télékinésiques...

Tandis que Zoe lutte pour apprivoiser ce talent dévastateur tout en restant cachée, elle va rencontrer d'autres Glitchers : Max le métamorphe et Adrien, qui a des visions du futur. Ensemble, ils vont devoir trouver un moyen de se libérer de l'omniprésente Communauté et de rejoindre la Résistance à la surface, sous peine d'être désactivés, voire pire...

La trilogie dystopique de l'éditeur américain des séries best-sellers *La Maison de la nuit* et *Éternels.*

Tome 2 : *Résurrection*

Tome 3 à paraître en novembre 2013

Kaleb

de Myra Eljundir

SAISON 1

C'est si bon d'être mauvais...

À 19 ans, Kaleb Helgusson se découvre empathe : il se connecte à vos émotions pour vous manipuler. Il vous connaît mieux que vous-même. Et cela le rend irrésistible. Terriblement dangereux. Parce qu'on ne peut s'empêcher de l'aimer. À la folie. À la mort.

Sachez que ce qu'il vous fera, il n'en sera pas désolé. Ce don qu'il tient d'une lignée islandaise millénaire le grise. Même traqué comme une bête, il en veut toujours plus. Jusqu'au jour où sa propre puissance le dépasse et où tout bascule... Mais que peut-on contre le volcan qui vient de se réveiller ?

La première saison d'une trilogie qui, à l'instar de la série Dexter, offre aux jeunes adultes l'un de leurs fantasmes : être dans la peau du méchant.

Déconseillé aux âmes sensibles et aux moins de 15 ans.

Saison 2 : *Abigail*

Saison 3 à paraître en août 2013

STARTERS

de Lissa Price

Vous rêvez d'une nouvelle jeunesse ?
Devenez quelqu'un d'autre !

Dans un futur proche : après les ravages d'un virus mortel, seules ont survécu les populations très jeunes ou très âgées : les Starters et les Enders. Réduite à la misère, la jeune Callie, du haut de ses seize ans, tente de survivre dans la rue avec son petit frère. Elle prend alors une décision inimaginable : louer son corps à un mystérieux institut scientifique, la Banque des Corps. L'esprit d'une vieille femme en prend possession pour retrouver sa jeunesse perdue. Malheureusement, rien ne se déroule comme prévu... Et Callie prend bientôt conscience que son corps n'a été loué que dans un seul but : exécuter un sinistre plan qu'elle devra contrecarrer à tout prix !

Le premier volet du thriller dystopique phénomène aux États-Unis.

« Les lecteurs de *Hunger Games* vont adorer ! », Kami Garcia, auteur de la série best-seller, *16 Lunes*.

Second volet à paraître en mai 2013

PARALLON

de Dee Shulman

Tome 1

Un gladiateur romain
Une jeune fille du XXIe siècle
Deux mille ans les séparent
Un mystérieux virus va les réunir.

152 après J.-C.

Au sommet de sa gloire, Sethos Leontis, redoutable combattant de l'arène, est blessé et se retrouve aux portes de la mort.

2012 après J.-C.

Élève brillante mais rebelle, Eva a été placée dans une école pour surdoués. Un incident dans un laboratoire fait basculer sa vie à jamais.

Un lien extraordinaire va permettre à Sethos et Eva de se rencontrer, mais il risque aussi de les séparer, car la maladie qui les dévore n'est pas de celles qu'on soigne, et leur amour pourrait se révéler mortel...

Leur passion survivra-t-elle à la collusion de deux mondes ?

Tome 2 à paraître en octobre 2013

Retrouvez tout l'univers de
L'Élite
sur la page Facebook de la collection R :
www.facebook.com/collectionr

Vous souhaitez être tenu(e) informé(e)
des prochaines parutions de la collection R
et recevoir notre newsletter ?

Écrivez-nous à l'adresse suivante,
en nous indiquant votre adresse e-mail :
servicepresse@robert-laffont.fr

Cet ouvrage a été imprimé
en février 2014 par

CPI
FIRMIN-DIDOT

27650 Mesnil-sur-l'Estrée
N° d'édition : 53871/05
N° d'impression : 121875
Dépôt légal : avril 2013

Imprimé en France

Composé par Nord Compo Multimédia
7, rue de Fives, 59650 Villeneuve-d'Ascq